指南

夜逃げ若殿 捕物噺8

聖 龍人

二見時代小説文庫

目次

お化け指南——夜逃げ若殿 捕物噺8

第一話　敵は本能寺

一

「病気か？」

「違います」

「では、いかがしたのだ」

ここは上野山下《うえのやました》にある片岡屋《かたおかや》という店。

いわゆる道具屋だが、主に置いてあるのは、書画骨董の類《たぐい》で、そのようなものを売るためには、目利きが必要だ。

それを一手に引き受けているのが、千太郎《せんたろう》という一風変わった侍である。

姓は千、名は太郎、などと、惚《とぼ》けた自己紹介をするような男だが、じつは、れっきとした下総《しもうさ》三万五千石稲月《いなづき》藩の若君。

そんな若さまがどうして、こんな店にいるのかといえば、祝言《しゆうげん》までの日々を気ままに楽しむべく、江戸下屋敷から夜逃げをした、という変わり種。

ある事件を解決したことから、この片岡屋で、目利きをすることになったのであった。

祝言相手が田安《たやす》家ゆかりの由布姫《ゆうひめ》で、いま、話をしているのは、千太郎の家臣、佐《さ》原市之丞《はらいちのじよう》。

本来は、父親の源兵衛《げんべえ》から、若君を探し出して屋敷に連れ戻せ、と命じられていた。ところが、これまた江戸の町屋暮らしが気に入り、ときどき、この片岡屋にいる千太郎を訪ねて来る。

さらに、奇妙なことが起きていた。

由布姫も、腰元の志津《しづ》とともに、ときどき江戸の市井《しせい》に繰り出して、気ままな暮らしを楽しんでいたのである。

そんな千太郎と由布姫が出会ったのは、浅草の奥山《おくやま》。

由布姫がある事件に巻き込まれていたところで、千太郎との関わりが生まれたのである。

由布姫は、千太郎と会ったときに、雪《ゆき》と名乗った。

当初は、お互いの身分に気づかずにいたのだが、いつしか心を惹《ひ》かれ合っているうち、

「この雪さんは……」

「この千太郎というおかたは……」

ひょっとしたら、自分の許嫁《いいなずけ》ではないのか、と思い始めた。

もちろん、お互い本当のことは語らない。

だが、次第にその思いは強くなり、確信となっていたのである。

いま、市之丞が片岡屋に来ているのは、やはり、父親の源兵衛から、

「早く、連れ戻せ」

といわれたからである。

それなのに、なぜか市之丞の顔色はすぐれない。

由布姫のお付きとして、いつも一緒にいる志津と恋仲になったからである。

だが、近頃はなかなか顔を合わすことができなくなっていたのである。

志津が由布姫のもとで働いているのは、行儀見習のためであった。

実家は、日本橋、十軒店《じゅっけんだな》にある梶山《かじやま》という人形店である。

しかし、なかなか宿下がりもできないほど、近頃は忙しいらしい。

由布姫が、ときどき江戸の町に出ることを咎《とが》められ、外に出る機会が減ってしまったからであった。

由布姫はそんなことはお構いなく、千太郎のもとへ出かけてくるのだが、その間、志津は姫が屋敷にいるようにごまかさねばいけない。

いわば、身代わりにされているというわけで、そのために、市之丞との逢瀬《おうせ》が減っているのである。

千太郎が、病気か、と尋ねた裏にはこのような理由があった。

「もう一度訊く。病気か？」

普段は、もっとうるさい市之丞である。それが、静かにじっと座って目をつぶっているから、千太郎はうす気味が悪い。

「病気だな？」

「違います」

「では、なんだ」

「沈思黙考《ちんしもっこう》です」

「なんだと？」

「はて……千太郎君には、言葉がおわかりにならぬと？」

「そうではない」

「では、なんです」

「お前に似合わぬというておるのだ」

「瞑想をしているのです」

「やはり、病気だ」

「そうではありません」

「では、なにをそんなに深刻になっておる。お前らしくない」

「ですから、深く自分の内面を探りながら、己というものの心を鍛えようとしているのです」

「…………」

「物事は、表面だけではありません」

「ふむ」

「ですから、私とて内面の奥底には、自分でも気づかぬ、すばらしい宝が眠っているやもしれません」

「ううむ」

「それを探っております」

「やはり、病気だな」

「違います……」

「もうよい」

呆れ果てて、千太郎は奥に引っ込んでいった。

市之丞は、それでもじっと動かずにいるのだが、そこは帳場である。邪魔なのだ。

片岡屋の主人は、治右衛門《はるえもん》といい、鈎鼻《かぎばな》で強面《こわもて》である。近頃はほとんど、仕事を千太郎に任せているので、暇である。

近所の仲間たちと、昼から酒を飲んでいるような生活をしている。千太郎が帳場からいなくなると、残っているのは、手代の成吉《せいきち》だけだ。

成吉は最近雇われた手代で、なかなかの目利きらしいが、千太郎と張り合いながら、自分でも、書画、骨董、刀剣目利きの勉強をしようという、十九歳になる若者だ。

その若さで帳場を任されているのだから、それなりの力はあるのだが、市之丞が居座っているために、金銭の帳簿付けもできずにいた。

といって、相手は侍のため、邪魔だともいえない。

「あのぉ……」

「邪魔をするな」

「それは、こちらの……」

それまでつぶっていた目を開いた。ぎょろりと睨まれて、

「すみません……」

成吉は、謝ってしまった。本来は、逆である。

「私が邪魔か」

市之丞が訊いた。

「はい、あの……すみません」

「ふむ……そうか、ここにいるのは、いかぬな」

「わかっていただければ、ありがたいです」

「お前は、確か成吉というたな」

「はい……」

「よいか、沈思黙考をすることで、己のなかに眠っている宝を見つけることができるのだ」

「宝、ですかい？」

「外には、見えぬ才のことだ」

「市之丞さまは、それを見つけた、ということで？」

「ふむ……まだだ」

「それは、残念なことです」

「そのうち、見つかるから、お前に心配される謂《いわ》れはない」

ようやく立ち上がった市之丞は、刀を腰に差して、

「邪魔をした」

そういって、店から出て行くと、成吉は、ふぅとため息をつき、

「己の眠る宝？」

市之丞の真似をして、目をつぶってみたのだが、

「なにを居眠りしてるんだい」

胴間声《どうまごえ》が聞こえ、慌てて目を見開いた。

「おや、親分さんでしたか。居眠りではありません。瞑想です」

「瞑想？　会ったことねぇな」

成吉は、あきれ顔をしながら、会えるわけがない、とつぶやくと、

「馬鹿者、からかったのだ」

「…………」

「俺が治右衛門でなくて、よかったぜ」

「はい……」

親分と呼ばれた男は、弥市《やいち》といい、四十になったばかりというが、見た目は若い。山之宿《やまのしゅく》に住まいがあり、山之宿の親分さんと呼ばれている。

近頃はいい顔なのだ。千太郎が後ろにいるからだった。

不思議な事件は、山之宿の親分へ、というのが、仲間の合言葉になっているという噂まであった。

解決の道筋は、千太郎がつけ、それに便乗しているだけなのだが、近頃では、薫陶《くんとう》を受けてか、なかなかの推理を披露する。

弥市は千太郎旦那はいるかい、といってどんどん店の奥へと進んでいく。慣れているのだ。

渡り廊下を進んで、奥の離れに入ると、千太郎が寝転がりながら、なにやら書物を読んでいた。

「なにをお読みで？」

「これは、楽しいぞ」

「なんです？」

これだ、といって弥市に見せたのは、刀剣の種類を書いたものだった。

「こんなものを読んでいるんですかい」

「仕事だからな」

「面白いんですかねぇ」

「もちろんだ。事件の探索をしているような気分になれるのだぞ」

「はぁ……」

「平安の昔に作られた刀なども、紹介してある」

「へぇ、そんな昔から刀があったので?」

「戦いに使うのだから、当たり前であろう」

「あっしには、これがあれば十分ですけどねぇ」

弥市は十手《じって》を懐から取り出した。房こそないが、年季の入ったなかなかのもので持ち手が、黒光りしている。

「ところで、今日はなんだ」

なにか事件があるのだろう、という目つきで弥市を見ると、

「へぇ、ご明察」

「親分が顔を出すのは事件のときだろう。それくらいは誰でも気がつく」

「まぁ、そうなんでしょうがねぇ」

薄笑いをしながら、弥市は、じつはといって、にじり寄った。

二

「じつは、こんな相談を受けているんですが、どうしたものかと……」

弥市が語ったのは、次のような内容であった。

以前、あるやくざが賭場《とば》の金が払えずに、半殺しになりかかったことがある。それを弥市が助けた。

やくざの名は、小吉《こきち》といい、まだ十八歳という。

小吉は、そんな大変な目にあったにもかかわらず、いまだに、やくざから足を洗おうとはせず、はんちくな暮らしをしているのだった。

小吉には、姉がいた。お公《きみ》という名で、深川の水茶屋で働いている十九歳になる女だった。

お公という名のその女には、弟と付き合っている孫六《まごろく》という男がいる。小吉が悪《わる》を続けているのは、この孫六がいるからだ。

年上の深情けかどうか、お公は、姉さん女房気取りで、弟ともどもなんとか孫六をまっとうな仕事につかせたい、と日頃から願っていたのだった。

「そのお公が昨日、あっしを訪ねて来ました」

「ほう」

「孫六をなんとかする方法はないか、というのでして……」

「足を洗わせたいと？」

「いつまでも、若くはない。いまのような荒くれでいられなくなる。そうなったときが怖い、と。弟はいまは、おとなしくなっているそうなのですがねぇ」

弥市は、持ち出した十手をぶらぶらさせて、半分面倒くさそうだ。

「なるほど」

千太郎にしても、その程度の話に感動はしない。助けてやる義理もない、というような顔つきだ。

「そんなこんなで、どうしたものか、と思ってるんです」

「お公という女になにか、弱みでも握られているのかな」

「そんなことはねぇですよ」

「ならば、問題はない」

「手を出すなと？」

弥市は、ため息をついて、

「そういわれても、なかなかねぇ。ご用聞きなどをやっていると、そうそう無下《むげ》にはできねぇ」

天井を見つめ、また、ため息をついて、千太郎に顔を向けた。

「ならば、助けるか」

「なにか、策がありますかい？」

「孫六を見てみよう」


片岡屋を出ると、山下の人通りにぶつかってしまった。

いまは、午《うま》の刻を少し過ぎた頃合い。みな、中食《ちゅうじき》に近所の屋台に入ったり、金のある者たちは、料理屋に入る。

「腹はどうします？」

「別に下《くだ》してはおらぬ」

「飯はどうしますか、と訊いているんです」

「まずは、お公に会おう」

「働いている水茶屋は、深川です。ここからけっこうありますが」

「だからなんだ」

「腹が」

「我慢しろ。その昔、戦場では飯も食わずに戦っていたのだ」

「いまは、将軍さまが政《まつりごと》をしていますぜ。いつの話をしているんです」

「神君家康《いえやす》公とて戦場で戦ったからこそ、いまの平穏な暮らしができる。それを思ったら、少々、腹が減ったくらい、なんだ」

「あっしは、武士ではありませんです」

無理なことをいわれても困る、という目つきで、弥市は反論した。

「なるほど、そのとおりだ」

千太郎があっさりと得心したので、拍子抜けする。

「なんだか、いつもと違うようにも思いますが……」

「なぜだ」

「さぁ……それは、こちらが聞きたいことです」

「おそらく……」

千太郎は、ふと足を止めて、弥市をじっと見た。

「へぇ……」

「己を見つめたからであろうな」

「はぁ？」

それは、市之丞さんが始めたことではないのか、と訊こうとしたが、

「さっき市之丞の真似をしてみたのだ」

千太郎は、先を越して答えた。目が悪戯《いたずら》っ子のようになっている。

「坊さんがやるようなことですかい？」

「坐禅という」

「その結果が、いまだと？」

ふむ、と千太郎は頷きながら、ゆっくりと言葉を選び、

「己の奥を深めたのだ。だから、周りから見たら、いままでとはちと異なる大きなる者へと成長することができた」

どうだ、という顔つきで弥市をじっと見つめるが、弥市は、あっさりと、

「それほど変化はありません」

言い捨てると、千太郎はむっとして、

「私もまだまだ修行が足りぬ」

「修行したらどうなるのです？」

「仏《ほとけ》の心境になる」

「へぇ……仏の心境ねぇ。それは、どんなものでしょう」

「いまだ、なっておらぬから、わからんな」

くるりと振り返って、また歩きだした。

深川に着くと、人通りは山下よりも多かった。富岡八幡《とみがおかはちまん》の鳥居の前に並ぶ露店には、人がすずなりになっている。

若い娘たちだけではなく、武家の娘ふうの女。若い江戸勤番《きんばん》侍らしき浅黄裏《あさぎうら》。さらには、荷馬車を止めたままの、馬子《まご》などもいる。

江戸近在から野菜を売りに来るような者たちのなかには、牛に荷駄を運ばせる者もいて、

「こらこら、そのように店の前に置くではない」

高積同心《たかづみどうしん》に、怒られる者もいた。

さらに、若い男たちの顔が多いのは、深川には俗に七場所《ななばしょ》といわれる、岡場所があるからだろう。

季節は七月の夏真っ盛り。皆、汗を流しながら、お参りにあるいは、近所の露店を冷やかしに出ているのだ。

「相変わらず、大勢の人ですねぇ」

十手を懐に隠しながら、弥市がいった。

浅草から上野界隈が縄張りの弥市だから、このあたりではそれほど顔は売れていないため好都合だった。

弥市は、千太郎を三十三間堂のほうへと連れて行く。お公が働いている水茶屋は、お堂の前にあるのだという。

お堂が近づくと、弓や矢筒を背負った若い侍が数人で通り過ぎる姿を見る機会が増える。

なかには、若い娘もいて、

「勇ましいのぉ」

感動の目をする千太郎である。

「千太郎の旦那は……」

「なんだ」

「弓のほうは達者ですかい？」

「武芸十八般、できぬものはない。市之丞は、いかぬがな」

「ははぁ、あのかたが武芸などに通じているとは、あまり思えませんねぇ」

「食い気なら、十八般どころか、百般ほどもあるやもしれぬ」

がははは、と大笑いをする千太郎に、弥市が訊いた。

「そういえば」

「ふむ」

「近頃、雪さんの顔が見えませんねぇ」

「忙しいのであろう」

「お店が繁盛しているのでしょうか？」

雪は、どこぞ大店《おおだな》の娘という触れ込みだった。弥市も市之丞も、本当の正体は知らされていない。

「志津さんもなかなか見えられなくなっているようで。商売繁盛でよろしいことではないですか」

「市之丞が嘆いておるがなぁ」

「はぁ、可哀想に。そんなに忙しいんでしょうか？　そもそもどんな店なのか、あっしは聞かされていませんが」

「誰も知らぬ」

「そこが怪しい……。なにやら、あのふたりには、秘密がありそうです。あぁ、もっとも千太郎の旦那にも、なにか隠しごとがありそうですがねぇ」

「人には、誰でも秘密がある」

そういった目の前を、立派ななりをした武士が、奴《やっこ》さんを連れて歩いて行く。それを見た、千太郎は、

「見ろ、あの奴さんにも秘密はあるのだ」

「ははぁ……」

「秘密の奴さんだな」

弥市はどんな意味があるのだ、と怪訝《けげん》な顔で千太郎を見つめるが、たいして意味はなかったらしい。

「いい天気です」

しようがなく、そんな言葉を吐いた。このままだと、なにがなんだかわからなくなりそうだ。

「なんだ、いきなり」

「天気がいいといったらおかしいですかい?」

「いまは、秘密の話をしているのだぞ。それをいきなり天気の話にすり替えるとは、さては……」

「さては？　なんです」

「親分には、相当、人にはいえぬ秘密があると睨んだが、どうだ」

「…………」

千太郎は、にやにやしながら、弥市の腰のあたりを見回しながら、

「近頃、立派になってきたものだと思っていたが、なるほど」

「なんです、気持ちの悪い」

「尻が大きくなったと思うてな」

「それは、十手捕縄術の修行をしているからでしょう。武芸を身に付けている旦那なら、おわかりだと思いますが？」

「ふむ……大人になったのかと思うた」

「……なんです、それは」

「忘れろ」

そうこうしているうちに、お公が働いている水茶屋の前に着いた。

三

葭簀《よしず》張りに囲まれただけの簡素な店だった。

隣にも、似たような水茶屋が二軒並んでいて、一番、粗末な雰囲気だった。

ほかの二軒は、長床几《しょうぎ》が外に出て大勢でも座ることができるようになっているが、この店は、なかに入らないと座る場所はない。

そんな面倒な所だが、一番人気があった。

常に目当ての茶屋女のそばにいることができるからである。お公目当ての男が多く、人気者である。

大店の主人や若旦那。それだけではない、武家たちへも気さくに話しかけるためか、なんとかお公をものにしようとする男は多いのだ。

簡単になびかないのも、人気に拍車をかけているのだろう。

それも当然のことで、お公には孫六という想い人がいる。もっとも、店ではそのようなことは隠しているので、知られることはない。

「あ……」

弥市が店のなかに体を入れると、お公はすぐ気がつき、親分さんといいかけて、口を閉じた。

十手持ちは、こんな所では特に嫌われる。

目配せをしながら、弥市は一番奥の場所に腰を下ろした。そこは、小さな小上がりになっていて、客たちからは、誰がいるのか見えない。

「ここは、都合がいいな」

千太郎が、隔離された場所を見て、頷く。

「へぇ……。あっしが座るときは、ここと決めています」

「そんなにしょっちゅう来ているのか、親分は」

「そうじゃありませんよ。最近は、お公にいろいろ話を聞かされますからね、それだけです」

「なるほど、親分の秘密砦というわけだ」

「大げさな」

大仰《おおぎょう》な言い方をする千太郎の言葉に、弥市は、嫌そうな顔をしたが、すぐ笑顔に戻る。

「いらっしゃいませ」

意味深な目つきをして、お公がそばにやって来たからだった。

「親分さん……すみません、わざわざ。ご用がありましたら、こちらから出向きましたのに」

そういって、お公は千太郎に目を向ける。

千太郎は、普段から若さま然としているわけではないが、出るところに出たら、それなりの貫禄がある。

驚くほどの二枚目というわけではないが、鼻筋は通り、目元も人を疑うこともないような滑らかさ。まさか、大名の若殿とは思わぬだろうが、それなりの佇まいは見せている。

いろんな客を見ているお公には、そこが感じられたのだろう。

「こちらさまは……なにかご身分の高いお侍さまのように見えますが」

「さすが、目があるな」

弥市が、褒《ほ》めた。

お公は、確かに男から好かれそうな顔つきをしていた。頬はぷっくりとして、豊かな顔である。

唇に紅《べに》を差しているので、顔全体がしまって見える。白粉《おしろい》もしっかり塗っているから、肌の肌理《きめ》も細かく、見るからにいい女であった。

「腰つきもよろしい」

千太郎が、いうと、

「さっきから、それぱかりですが、なにかあったんですかい？」

弥市が訊く。

「女は腰が大きなほうがいいのだ」

「なぜです？」

「立派な子どもを産むことができるからだ。親分も嫁取りをするときは、腰の大きな女を探すといい」

「ははぁ」

意味深な目で、弥市は千太郎を見つめると、

「ということは、なんですかい？　例のおかたも腰が大きいですかねぇ」

「なんだって？」

「へへへ。これ以上はいわねぇことにしておいてあげましょう」

含み笑いを見せながら、弥市はお公に目を移して、

「このおかたはな」

「はい」

「俺のまぁ、相談人のようなおかただ」

「相談人、でございますか？」

「まぁ、ときどきだがな。たまにいいことをいうのだ」

「では、私のお願いも？」

「なにか、策があるというておる」

弥市のことばに、千太郎は仰天する。

「ち、ちと待て。まだ策などは」

いいかけたところに、弥市の言葉がかぶさった。わざとらしく、懐に入っている十手に触れながら、

「ほれ、あの、あの策でよろしいではありませんか」

「な、なんだと」

「まさか、お忘れということはありませんでしょうねぇ」

「む。そんな忘れるわけがあるまい」

「では、ここでご披露を」

にやにやしながら、弥市が千太郎をたきつけた。

千太郎は、苦虫を嚙み潰しながら、弥市を睨みつけるが、当の本人はしれっとしたままである。

「で、千太郎の旦那……どうしましょうか？」

「う……だから、だからだ」

「はい、だから？」

「さっき、申したとおりだ」

「どんな内容でしたっけねぇ。あっしは馬鹿ですから、なかなか覚えが悪くて」

「いい天気だ」

「はい。それもさきほど会話のなかに出ましたが、もっと肝心なことがありますから、そちらをどうぞ」

「暑い」

「夏ですから」

「汗が流れる」

「川も流れます」

「ううむ」

とうとう、千太郎は唸ってしまった。

「旦那……どうしました？　そんな顔をして。癪《しゃく》でも起こしましたかい？」

あら、とお公が本気で心配顔をする。弥市は気にすることはない、といって、

「たまに、このようなことになるのだ」

「まぁ、それは、それは、大変な持病をお持ちなのですねぇ」

「なに、すぐ治るから大丈夫なのだ」

「それならよろしいのですが」

そういって、千太郎のそばにいって、身をかがめた。お公の香りが千太郎の鼻に流れ込む。

それだけではない、目の前に膨らんだ胸が顔に当たりそうになって、

「う……」

千太郎は体を引いて、驚いたように目を見開いた。弥市は、千太郎でも女の胸は気になるのか、と心で笑う。

「親分……」

「はい」

顔をかすかに赤くしながら、千太郎が叫んだ。

「思い出したぞ」

「はぁ、お公さんの胸を見て、思い出しましたか」

「馬鹿なことというな」

「では、ご披露お願いします」

「それはだな。窮鳥懐《きゅうちょうふところ》に、というやつだ。あるいは、虎穴《こけつ》に入《い》らずんば、だ……」

「なんのことかさっぱりです」

「つまりは、敵の懐に飛び込め、という意味だ。相手のなかに入り込んで、そこから敵の油断を誘い、首尾を得る」

「ははぁ……具体的にお願ぇしたいのですがねぇ」

「お公さん」

千太郎の呼びかけに、お公はにこりと笑みを返す。

「はい、なんでございましょう」

「孫六という男はいま、どこで暮らしておるのだ。一緒にいるわけではあるまい」

「はい、深川の櫓下《やぐらした》に、仲間たちと一緒に寝泊まりしている場所があるのです」

「乱暴者たちが、徒党を組んでおるのだな」

「はい、なんとか離れてもらいたい、と思っているのですが……」

お公の顔が曇った。

ふむ、と千太郎は頷きながらも、じっとお公の顔を見つめ続けている。弥市は、そんな千太郎を訝《いぶか》しげに見ていたが、

「どうしました？　まさかお公さんに惚れたなんてぇことはねぇでしょうねぇ。もしそうだとしても、それはいけませんぜ。孫六がいるし、客たちは全員敵だ」

「おう、そうであったか」

まさか、本気とは思えぬが、千太郎がそんな戯《たわむ》れの返事をしたことに、弥市は内心、首をかしげる。

雪という惚れ合った女がいるのだ。

それなのに、ほかのおなごに心が動くなど、冗談でもいわないだろう。別のことなら、どれだけふざけた行動を取っても気にならぬ弥市だが、いまの言葉だけは、どうにも腑に落ちなかった。

「旦那……」

「どうした、親分、そんな鳩が豆鉄砲をくらったか、あるいは、くじらがひっくり返ったような顔をして」

「あ……いや、なんとなく、変だなぁと思いましてね」

「なにが、変なのだ」

いつもと変わりない千太郎の顔つきである。惚《とぼ》けているのか、どこまで本気で言葉を発しているのか、まるで不明である。

「いや、いいです」

弥市が見ている限り、顔は笑っているが千太郎の目つきは厳しい。それも、お公の胸を見てからだから、なにかあると思うのは当然のことだろう。

「親分……いまから、孫六が住んでいるという櫓下に行ってみよう」

「いきなりですかい？」

「私も、仲間になるのだ」

「はて……その心は？」

「虎穴に入らずんば……である」

「あのぉ……」

「なんだ、その顔は」

「ひょっとして、そのあとの言葉を知らねぇのではないか、と思いましてね。さっきから、そこで止まっています」

「馬鹿者。虎穴に入らずんば虎子《こじ》を得ず、ではないか。そのくらいは知っておる」

「それは失礼いたしましたっと」

四

櫓下は、富岡八幡二の鳥居の近辺を呼ぶ。深川七場所のひとつとして知られ、したがって、若い男たちがあちこちを闊歩《かっぽ》している。

もともと、この近辺は埋め立てである。そのために、若い働き手を集めた。やがて、その仕事が終わると、働き口を失った連中や、新しい岡場所の利権を手に入れようと、乱暴者たちが集まってきた。

乱暴者たちは、徒党を組み、なになに組というような名前をつけて、悪さを働く者も少なくない。

孫六も、そのなかのひとり、ということだろう。

三十三間堂前にある、お公の働く水茶屋から、ふたたび富岡八幡宮のほうへと足を向けた千太郎と弥市である。

「親分……孫六とはどんな男なのだ」

「へぇ、以前、お公から聞いたことがありますがね」

孫六が生まれたのは、江戸ではなく、神奈川宿だという。子どもの頃から近所では、乱暴者として毛嫌いされていたらしい。

「家は貧乏だったのか」

千太郎が首をひねる。

「いえ、そうでもなさそうです。小さいながら宿場では旅籠《はたご》を営んでいたということですから」

「それが、どうして深川に流れて、やくざなどに？」

「まぁ、幼い頃から喧嘩が大好きで、ときには、盗みなんぞもやって大人たちから嫌われていたというから、根っからの悪《わる》ってもんでしょうねぇ」

「なるほど」

「成長するにつれて、手癖の悪いのがどんどん強くなり、賭場に出入りをするようになってから、さらに嫌われ者となった。それで、地元にいられなくなって、江戸に出てきたといいます。それが、二年前のことだとお公は語っていました」

「お公との出会いは？」

「さっきの水茶屋で働く前、お公は、根岸《ねぎし》のほうで植木屋の手伝いなどをやっていたらしいんですがね」

「ほう、植木屋とな」

「女だから、木の上に上がることはなかったらしいですが、まぁ、手は器用になったと笑っていました」

「ふむ」

懐手のまま千太郎は歩きながら話を聞いている。ときどき、女が通り過ぎると、ちらりと目を送るのは、さっき、お公の毒気に当てられた名残《なごり》だろうか。弥市は、苦笑しながら、

「植木屋の親父が、賭け事が大好きだったということで、ときどき深川の賭場まで出掛けていたらしくてね」

「遠いではないか」

「近場では、近所の手前があったのではありませんかね」

「わからぬでもないな」

「一度、お公は親父に連れられて、賭場に行ったといいます」

「女壺振りにでもなろうとしたか」

「それはねぇと思いますが。とにかく、その賭場で働いていた孫六と、初めて会ったといいます」

「そこで、びくんと感じたか」

「まぁ、そんなところでしょうねぇ」

「ところで、孫六が住みついているという塒《ねぐら》に親分はいるのか」

「へぇ、最近、顔を伸《の》してきた野郎でしてね。甚太《じんた》といいます」

「甚太……」

「まだ二十歳そこそこのくせに、なかなかのやり手という噂です。まぁ、深川生まれの深川育ち。もともと親が地回りの元締めで、それを受け継いだんです」

「商売をしているわけではあるまいが、どうしてそのように、羽振りがいいのだ」

「まぁ、大きな収入源は賭場でしょうがねぇ。これからもっと大きな商売をやろうとしている、ともっぱらの噂ですが、なにをやろうとしているのかまでは、お公も知らないということでした」

その話を聞きながら、千太郎は、足を止めて、

「ところで、お公というのは、ただの植木屋で働いていたのか？」

「どういうことです？」

「いや、その前はなにをしていたのだろう、と気になってな」

「おや、やはり横恋慕《よこれんぼ》ですかい」

弥市は、苦笑する。

　まさか、と答える千太郎だが、どうにもお公の存在が気になっているように弥市には感じられるのだった。

　甚太が仕切る塒の前に立ち、千太郎は感心している。

「ほう、これは……」

　ただの大きな平屋かと思っていたのだが、二階家で、屋根にはうだつまで上がっている。

「やはり、親の代から受け継いでいるからでしょうねぇ」

　弥市も驚きを隠せない。千太郎は、懐手《ふところで》のまま、屋根から家の周囲をじっと見回している。

「なにか不審なところでも？」

「わからぬが。まぁ、そんなことより、孫六がいるかどうか」

「あっしは姿を見せねぇほうがいいでしょうねぇ。あまりご用聞きが出入りすると、孫六が疑われたりしたら、かわいそうですからね」

　密偵と間違われるのではないか、と気にしているのだ。

「では、ひとりで行こう」

「虎穴に入らずんば、はどうなるので？」

「四半刻過ぎても出てこなければ、戻って連絡を待っておれ」

「誰が連絡をしてくるんです？」

「適当に考えるから心配はいらぬ」

弥市の返事を待たずに、千太郎はすたすたと、入口に向かっていった。

「さいですか。とにかくここで待っておりやす！」

千太郎の背中に言葉をかけたが、聞いていたかどうか。

弥市は、しばらく待ってみようとしたら、入口に着く前に千太郎が戻ってきた。

「どうしたんです？」

「お公の過去をしっかり洗っておけ」

「はぁ、それはまたどうしてです？」

「それから、深川にある賭場を見つけて、そこで働いていた頃、孫六とはどんな男だったのか、聞くのだ。それとな」

「まだ、あるんですかい？」

「神奈川宿で、孫六はどんな暮らしをしていたか、それもだ」

「はぁ……忙しいですねぇ」

「とにかく、頼むぞ」

「……合点《がってん》です」

千太郎は、今度こそ本当に、甚太たちの塒の戸口に向かっていった。なかから、若い者が出てきた様子が弥市のところからも見えている。しばらく、やり取りをしていたようであるが、

「あらら、あっさりなかに入っていったよ」

背中を向けたまま、千太郎は弥市への合図だろう、手を挙げてひらひらと振り続けていた。


甚太の塒に潜り込んだ千太郎は、いま、大きな男を前に、悠然と座っていた。

「お前か、天下無双だなどと法螺《ほら》を吹いているのは」

「法螺ではないぞ。本当のことだ」

では、こちらへ来い、と案内に出た若い男が連れて行き、出てきたのは、甚太の弟という男だった。

もとは相撲取りではないかと思えるほど、体の大きな男だった。大銀杏《おおいちょう》を結っていたら、間違いなく相撲取りである。

「俺と勝負して、勝ったら雇ってもよい」

大男が、体をゆすり、汗を拭きながら挑戦的な言葉を吐いた。

「それは、うれしい」

「ひとつだけ聞いておく」

「なんなりと」

「見るところ、別段、食うものに苦労をしているようには見えねぇのだが、そんな侍がどうして、雇ってくれなどと頼むのだ」

「用心棒を募集していると聞いたからだ」

「募集などしていねぇよ」

やくざなだけあって、侍に対しても不遜な態度だが、千太郎はにこにこしながら、

「ほい、そうであったか。でも、せっかくだから、どうだ、雇ってみないか」

「だから、俺と戦って勝てたらだ」

「よし」

大男は、益次《ますじ》という名で、廊下を歩きながら、こっちだと案内をする。

庭に出ると、益次は上半身裸になって、腰を落とした。胸にも汗がしたたり、普段から裸で生活しているのか、黒光りしている。よほど、腕には自信があるのだろう、

じろりと千太郎を睨んだ目つきは、あまりよくない。

「なるほど……」

感心したように、千太郎は声を出して、益次を褒めた。

「なかなかの構えであるな。それなら、たいていの者なら、太刀打ちできぬであろうなぁ。だが、私は別だ」

「うるせぇ！」

益次がいきなり吹っ飛んできた。奇襲戦法である。千太郎は、まだ戦いへの準備はまったくしていなかった。

並の者なら、それで驚き、慌てるのだろうが、千太郎は慌てず騒がず、
おかしな掛け声をかけながら、益次の突っ込みを、あっさり躱《かわ》して、

「ほい、ほい」

「まだ、まだ。ほれ、こっちだぞ」

まるで鬼ごっこのような動きを続ける。

益次は、怒りながら額に汗を流して、千太郎を追いかけ回すが、なかなか捕まえることができない。

焦れば焦るほど、どんどんと千太郎の罠にはまってしまい、

「くそ！」

逃げるな、と叫んだ。

「ほい、それでは、これはどうだ」

千太郎が、足を止めて益次と同じような体勢を作った。腰を落として、両手を広げる仕種《しぐさ》は、まさに相撲取りの土俵入りだった。

その揶揄《やゆ》する態度に、益次はますます怒り狂い、

「くそ！」

思いっきり、千太郎めがけて体を飛ばしたが、

「う！」

いるはずのところに、千太郎はいない。空足《からあし》を踏んで、とんとんと六方《ろっぽう》を踏んでしまった。

千太郎は後ろにいた。

「それ！」

蹴飛ばされて、益次は前のめりになったまま、はいつくばってしまったのである。

「これで、勝負はついたな」

千太郎が、にやにやしながら、益次の背中に、足を載せて、勝負を見ていた手下た

ちの前で見得《みえ》を切ったのである。

五

甚太の塒に潜り込むことに成功した千太郎は、すぐさま、孫六を探した。

手下たちは詰所のような部屋で、一緒に寝泊まりをしている。千太郎は、用心棒として雇われたせいか、ひとりだけ一部屋を与えられていた。

探ってみると、手下は、普段五人いて、ときどき、ほかの悪たちがやって来ては、仲間同士で賭け事などをやっているようであった。

孫六は、この塒で寝泊まりをしているという話だったが、探してもいない。顔を知らない千太郎は、仲間たちと打ち解けなければいけない。

ときには、賭け事で大負けをしたり、新入りだが、用心棒だからやる必要のない廊下拭きを手伝ったりしながら、出掛けている孫六が戻ってくるのを、待っていたのである。

手下たちは、どこかただの乱暴者とは、雰囲気が異なっていた。どこがどう違うのか、千太郎も言葉では言い表せない。

「行動が慎重に見えるのだが……」

ときどき手下たちの目つきを探ってみると、周囲への目配りをしている者が多いのだ。

「不思議だ……」

乱暴者たちが、そのような気配を見せるだろうか？

自問自答をするが、結論は出ない。わかることは、賭け事をしても、けっこう皆、駆け引きをする、ということだった。

お公がいう乱暴者たちの集まり、とはどこか違う——。

「おい……」

今日も、考えながら廊下拭きのため、雑巾を絞っていたら、

「おめぇ、なにが目的でここに来た」

益次だった。

「用心棒になりたかったからだといったではないか」

「ふん。てめぇみてぇな野郎が、用心棒とは笑わせるぜ。なにか目的があって、潜り込んできたんだろう」

「まさか」

「喧嘩では負けたがな……」

そういって、益次は、目を細めた。

「てめぇがなにを狙っているかくらいは、推量できるんだ」

「それはよかった」

「ふざけるなよ。おめぇ、本当の名前はなんていうんだ」

千太郎という名はすでに教えてある。

「姓は千、名は太郎」

「ふん……やかましいわい。おめぇ、ちと調べてみたらわかったんだが、山下の目利きだというじゃねぇかい」

「おやぁ？」

「なにが、おやぁ、だ。けっこう名が通っているというのに、のこのことこんなところに潜り込んできやがって」

「目利きはやめたのだ」

「よくいうぜ」

図々しい野郎だ、といって益次は、後ろを振り向くと、いつの間にか、手下たちが集まっている。

「これは……」

なかには、鉄砲を持っている者もいて、これでは、逃げきれないかもしれない、とさすがの千太郎も背筋に汗が流れる。

「静かにしろよ。おかしな真似をしたら、これが、ずどんとおめぇの腹に、穴をあけるからな」

「………」

千太郎は、動きを抑えられてしまった。

「やれ！」

鉄砲を持っている手下は、銃口《じゅうこう》を千太郎にぴたりとつけて、ほかの連中が縄を打ち始め、とうとうぐるぐる巻きになってしまった。

「ちょっと待て」

千太郎は、訊こうとしたが、

「ふん、いまさら命ごいをしても、無駄だ」

「孫六はどこにいる」

「なにぃ？」

「私は、孫六という男をここから外に連れ出そうとして、やって来たのだ」

「はん？」

益次は、なにを言い出すのだ、という目つきをしながら、手下たちを見回して、

「おい、聞いたか。孫六を助けに来たんだとよ」

ふふふ、と含み笑いをしてから、

「孫六はなぁ、大事な仕事の前に、出掛けているのよ」

「大事な仕事？」

「まぁ、おめぇには関係ねぇがな。いや、あるか……まぁ、いいや」

「私に関係のある仕事だって？」

その言葉に、益次はしまった、という顔をして、

「おい、さっさと納戸《なんど》にでも突っ込んでおけ」

そういうと、その場から離れていった。


弥市は、じりじりしていた。

千太郎が、甚太の塒に潜り込んで、すでに三日が過ぎているのに、連絡が来ないからだ。

あの千太郎のことである。ドジを踏んでしまったとは思わないが、なにか異変が起

きたと考えたほうがいいような気がする。胸騒ぎとでもいえばいいだろうか、気持ちが落ち着かない。

それに、千太郎にいわれてお公の過去を探《さぐ》ったのだが、そこから、おかしな話が飛び込んできたのである。

さらに、神奈川宿に詳しい岡っ引き仲間に、孫六の話を聞いた。もうひとつ、植木屋が連れて行ったという賭場の件など、調べた結果を早く千太郎に伝えたい、と思っているのだ。

つなぎをつけるためには、誰かに手伝ってもらいたいが、雪も市之丞もいない。

そこで、白羽の矢を立てたのは、徳之助《とくのすけ》だった。

徳之助は、弥市の密偵のようなことをしている男で、自他共に認める女たらしである。女に食べさせてもらうことにかけては、天下一品。

普段は、ただの遊び人だが、女たちから仕入れる噂話は、弥市の情報源にもなっているのであった。

女をころころ変えるために、一定の塒は持たないのが徳之助だ。最後に聞いたのは、確か深川に住む女だったと思い出し、

「よし、奴を使おう」

そう決心した弥市は、千太郎と連絡をつけるために、徳之助がいる家を訪ねることにした。

いま徳之助が世話になっているのは、深川の石場《いしば》である。このあたりも、岡場所があり、あまり雰囲気のいい所ではない。

石場に着いた弥市は、付近の番屋に入って、女のひものような暮らしをしている男がこのあたりにいないか、と訊いて回ると、あっさりと、

「それは、徳さんだろう」

と居場所が判明した。さすが徳之助というべきか。

教えてもらった長屋に行くと、井戸端で、女ものの小袖を来た男が、洗濯をしているところにぶつかった。

「おや、親分」

手を動かしながら、徳之助は別に驚いてもいない。

「頼みがあるんだ」

「この洗濯を終わってからにしてもらいてぇなぁ。そうしねぇと、今晩のおまんまにありつけねぇ」

「ち……」

舌打ちをしながらも、弥市は徳之助の洗濯が終わるのを、待つことにした。

しばらくして、徳之助は慣れた手つきで洗濯を終えた。終わった洗濯物を桶に入れるところを見ていたら、真っ赤な布が数枚見られた。白い紐がついている。

「それは、女の腰巻じゃねぇかい」

「それがなにか？」

「おめぇ、そんなものまで洗っているのかい」

「当然でげしょう」

「ち……まったく、男とは思えねぇ」

「だって、あっしはねぇ、女に食わせてもらっていますからねぇ。このくらいは当たり前ですぜ」

「わかったから、早くしろい」

「じゃ、ちょっくら待っていておくんなさい」

桶を抱えたまま、戻っていく。

住まいに入って行くと、なかから女の声が聞こえてきた。徳之助がなにか話しかけている。

と——。

やがて徳之助が出てきた。後ろに、幼い顔をした女が立っているのが見えた。

「あらぁ、まだおぼこじゃねぇのか」

弥市は、思わず呟いた。

目の前に来ると、徳之助は女に手を振って、

「すぐ戻ってくるから、心配はいらねぇよ」

娘は、こくんと頷いて、

「なるべく早くね」

そういうと、部屋に戻っていった。

「やい、徳！」

「なんでぇ、そんなおっかねぇ顔をして。あの女のことかい。あれは、童顔なんだ。あぁ見えても、十八歳だから」

「まったく、おめぇってやつは」

「うらやましいって顔ですぜ」

「馬鹿なことをいうな」

先に長屋から出た弥市は、近くの掘割の前まで歩いた。

平坦な岸の前に、どこかの店が出したのだろう、縁台が置かれていたので、弥市は

そこに腰を下ろして、徳之助にも座れと手でぽんぽんと叩いた。

「なんです？」

緊張感のない顔で、徳之助が弥市を見た。

「じつはな……」

千太郎と、甚太と、孫六、そして、お公の話をすると、

「それは、剣呑《けんのん》だぜ。もっと早く訪ねてきてくれたら良かったなぁ」

「なにが剣呑なんだ」

「甚太って野郎は、ただのやくざじゃねぇって噂なんだ」

「なにぃ？」

弥市は詳しく教えろと迫る。目が血走っているのは、千太郎がひとりで、そんな場所に潜り込んでいるからだった。

「いや、それ以上のことは、はっきりしているわけじゃねぇんだがなぁ」

「噂でもいい」

「陰で大きな悪事に手を出しているんじゃねぇか、という噂よ。盗人かもしれねぇ」

「盗賊かい」

「代替わりしたのはいまから二年前だ。そうじゃなければ、それだけの間に、急激に

あれだけ大きな一家を持てるわけがねぇ。金蔵には、千両箱が唸っているという話だ」

「ううむ」

千太郎がやるような唸り声を上げた弥市に徳之助は、

「いま頃、千太郎さんは捕まっているかもしれねぇなぁ」

「じゃ、助けるまでだ」

その言葉に、徳之助はしばらく黙っていたが、

「じゃ、あっしも一緒に」

「そうかい。それは助かるぜ」

「へ……最初からそのつもりだったんでげしょうよ。近頃の親分は、おかしな技を使うようになったらしい」

「…………」

六

ガタガタと音が聞こえて、納戸《なんど》の扉がかすかに開いた。

千太郎は、身構えた。

食事を持ってくるような刻限ではない。

なにしろ、いまはすでに辰《たつ》の刻は過ぎている。

「誰だ……」

「あっしです」

「親分！」

「助けに来ました」

「ふぅ」

扉が開くと、徳之助も一緒だった。体をぐるぐる巻きにされて、さすがの千太郎も動きが取れなかったのである。

「私としたことが不覚だった」

「甚太たちはいませんぜ」

徳之助がいった。人っ子一人いないから、あっさりとここを探し出すことができたのだ、という。

「そういえば……」

千太郎は、食事を持ってきた益次の言葉を思い出した。

「今日が、私の命の最後の日になるかもしれぬ、などという捨て台詞《ぜりふ》を吐いていたのだが」

「まずは、ここから出ましょう」

屋敷から外に出ると、夏の夜であった。

ねばねばした空気が体を包み込んで、徳之助は気持ち悪いと、片肌脱ぎになり、

「このほうが涼しいぜ」

などといいながら、甚太は盗賊集団だという噂がある、と千太郎に伝える。

「そのことなんですが」

弥市が、言葉をつなぐ。

「お公のことですが」

「そうだ、どうした」

「あの女、けっこう食わせ者かもしれません」

「盗人の仲間か？」

「え？　知っていたんですかい」

「いや、そんな気がしただけだ」

「どうして、あの女の過去を洗えといったんです」

「じつはな、胸だ」

「はい？」

「胸が見えたとき、ちらりと彫り物が見えたのだ」

「あ……」

堅気《かたぎ》の娘がそんな場所に彫り物などはいれないだろう。そこで、お公に対しての疑いが生まれた、というのだった。

「それでですかい。また、あっしは本気で横恋慕でもしたかと思いましたよ」

「馬鹿なことをいうな」

「それと……神奈川宿ですが、そこに孫六という乱暴者など聞いたことがねぇ、とあちらに明るい仲間が笑っていました。それだけではありません。深川の賭場ですが、そこでは、甚太という野郎もいっとき働いていたらしいです。その賭場が閉鎖されそうになったのを甚太が引き取った。そこから甚太の力が大きくなるきっかけになったという話のようです。ところが孫六のことは誰も覚えちゃいませんでした」

「ふむ」

千太郎は、腕組みをしながら、いろいろ見えてきた、と囁いた。

「悠長なことはしていられませんぜ。この家に誰もいねぇ、ということは……」

十手を握って弥市が、呻《うめ》いた。

「いま、どこかに押し込もうとしている……」

千太郎が呟いた。

「もしそうだとしたら、大変だ。狙いがどこの店かわかればいいんだがなぁ」

と、いきなり千太郎が、叫んだ。

「しまった！」

「どうしました？」

「片岡屋だ！」

「えぇ！」

走れ、といって千太郎は山下に向けて駆けだした。

「奴らは、弥市親分と私を利用して、片岡屋から目を離させたのだ」

「……あぁ」

「お公は、弥市親分に相談をすると、私のところに話を持ち込むと知っていた。案の定、私は虎穴に飛び込んだ。それを奴らは待っていたのだ」

「千太郎さんがいなければ、片岡屋は、赤子の手を捻るようなものです」

「急げ！　敵は本能寺《ほんのうじ》だ！」

どうして、そんな台詞が出るのか、弥市はいまいち判然としないながら、千太郎のあとを走り続けている。

徳之助も、普段の軟弱な言動とは裏腹に、しっかりした足取りで、続いた。

掘割を抜けながら、山下の片岡屋前に出た。半刻もかかっていなかった。

「静かです……」

「まだ、襲われてはいないらしい」

よし、といって千太郎は、四辺に目を配って、隠れ場所を指さした。片岡屋全体が見渡せる角で、すぐそばに、大きな松の木が植わっているところだった。なるほど、ここなら、こちらから敵は見えるが、敵からこちらは隠れていることができる。

「陰に隠れて待ち伏せをしよう」

千太郎の言葉に、ふたりは頷く。

三人が持ち場を決めた頃、ひたひたと足音が聞こえてきた。

「来た……」

三人に緊張が走った。

「迎え撃ちますかい？」

徳之助が訊いた。いまにも、飛び掛かっていきたそうな顔をしている。本来、荒っぽいことは嫌いなはずだが、どうしたことか、と弥市は怪訝《けげん》な目を向けた。

「待て待て、そのときは合図をする」

千太郎が逸《はや》るふたりを止めた。

五人以上はいるだろうと思える集団だった。そのなかに、ひときわどしんどしんと高い足音があった。

「あれは、益次だな」

薄笑いをしながら、千太郎が囁いた。

「益次とは、誰です」

「甚太の弟だ。甚太には会ったことがなかったのだが……どこにいたものか」

「片岡屋でも見張っていたんでしょうかねぇ」

「孫六もいなかったのだが」

「ふたりで、どこかに行ったということはありませんかい？」

「いや……ひょっとしたら」

「といいますと？」

「まだ、確証はないから、あとで話す」

千太郎は、甚太についてなにかを感じたらしい。半月の下、千太郎の目が厳しく光っている。

盗人の数を数えたら、六人。

そのうち、ひとりが益次だ。大きな体を闇に溶《と》ける衣服に包み、はぁはぁと息を切らせていた。ひとりだけ、小柄な者がいる。

「合図を」

「敵は本能寺！」

大きな声で叫ぶと同時に、千太郎は、松の木の陰から突撃した。

敵味方入り乱れて乱戦となった。

「鉄砲を持っている者がいるから、気をつけろ！」

いう先から、ずどんと音がした。だが、その音めがけてなにかが飛んでいった。弥市が、十手を手裏剣替わりに投げたのだ。

先端が、鉄砲を構えている敵の額を突き刺して、敵は昏倒した。

千太郎の前に出てきたのは、益次だった。今度は勝つぞ、という顔つきである。

「てめぇ、逃げてきたのか」

「あそこは狭いでなぁ」

「なんだ、お前は」

「うん？　ただの目利きだよ。だが、悪を正す正義の目利きとでもいっておくか」

「この野郎、ふざけやがって」

全身を使って、突進した益次を、例によって、ひょいと躱した千太郎は、

「今度は、遊ぶ間はない！」

後ろに回って、背中を蹴飛ばした。それでも、図体の大きな益次は、なかなか倒れない。

「親分、こいつを頼んだ！」

「合点」

倒れそこなっている益次の前に、弥市が飛んでいき、十手を頭に叩き込むと、ようやく、益次は、唸りながらその場に倒れ込んだ。

ほかの雑魚《ざこ》たちは、弥市と徳之助で十分だろう。

千太郎は、叫んだ。

「おい！　甚太。いや、孫六といったほうがよいかな？　私の前に顔を見せるだけの度胸はないのか！」

その言葉に、弥市と徳之助は驚愕している。

「まさか……」

甚太と孫六は、同一人物だったのか。

中肉の男が千太郎の前に一歩進んできた。

「ふん……ばれていたのか」

「いや、気がついたのは、さっきだ。あの家にいても甚太はいない。孫六もいない。なぜか、とずっと考えていたのだがな。弥市親分から、孫六などという者は神奈川宿にはいない、深川の賭場でも覚えている者はいない。ところがそこで働いていたのは、甚太だと聞いて平仄《ひょうそく》が合った」

「片岡屋に狙いをつけていたと気がついたのも、さすがといっておく」

「若いのに、なかなかの策士らしい」

「ふん」

「おい、そこにいる体の小さいのは、お公さんだな」

また、弥市は驚く。

お公らしい仲間が、逃げようとするのを、徳之助が、羽交い絞めに捕まえた。

「へへ。女はあっしの専門でね」

捕まったお公は、覆面を剝ぎ取られて、徳之助を睨みつけている。

「ほう。なかなかの別嬪《べっぴん》さんだ。好みだぜ」

ぺっとつばを吐きかけられたが、一瞬の間で徳之助はそれを避けた。

「いっただろう。女はおれの専門だって」

お公は、はぁはぁと肩を上下させながら、その場にへたり込んでしまった。

それを見て、千太郎が甚太に向けて、

「なんとまぁ、念には念のいった策を練ったものだ」

「ばれたのでは、意味がない」

「家に潜り込んだとき、甚太でもいいから出てきたら、気がつかなかったかもしれぬのに。策士、策に溺れるとはこのことだ」

「よけいなお世話だ」

孫六こと、甚太が襲い掛かった。手には、長脇差を持っている。それなりに喧嘩慣れしているようだったが、千太郎の敵ではない。

「やめろやめろ。侍に勝てると思うのか」

返事はなく、めったやたらと刀を振り回す。

「待て待て、危ないではないか。斬れたらどうするのだ」

千太郎は、ひょいひょい、と逃げながら、

「そこだ！　隙あり」

甚太の懐に飛び込んで、当身《あてみ》をくらわした。

ぐっと呻き声を上げて、甚太はその場に崩れ落ちた。

弥市が、全員をひとつに縛りあげているとき、片岡屋の大戸が開かれ、

「なんだこんな刻限に。酔っ払いどもは、あっちへ行け！」

声の主は治右衛門である。寝間着姿で外に出てきたのだが、ただの酔っ払いの喧嘩だと思ったらしい。

「あれ？　千太郎さん。なにをしてるんです、こんな夜中に」

「いや、ちとな」

「さっさと、戻るなり、なんなりしてくださいよ」

治右衛門は、そのまま戻ってしまうと、後ろから、手代の成吉が顔を出し、

「あら、みなさん、なにをしてるんです？」

その能天気な言葉に、弥市はあきれて、

「みんなで、深夜に瞑想をしてるんだ」

「あぁ、そうですか」

寝ぼけているのだろう、成吉はそのまま引っ込んでいった。

「まったく、主人が主人なら、奉公人も奉公人だ」

千太郎の大笑いが、半月すら笑わせているようであった。

第二話　お化け指南

一

やがて、雨になった。

雨は、一切《いっさい》を流すが、この江戸では、なかなか流れぬものもある。

さしづめ、先に千太郎が捕まるという、いままで聞いたことがないような事件などは、それの類《たぐい》だろう。

結果がどんなことになろうと、事件そのものは、人の思いに残るのだ。関わった人間たちが、流そうとしても、忘れ去られるものではない。

周りはどうであれ、事件を起こした本人たちは……。

この事件は、弥市がはめられ、それに千太郎も乗せられてしまった結果、千太郎が監禁される、という事件へと発展したのであった。

だが、それもなんとか事無きを得ることができたのは、千太郎が、奴らの目的は片岡屋に押し込むことだ、と判断できたからだった。

無事、盗人たちを捕縛できた。

それによって、弥市親分は、またもや名を上げることになったのである。

それにしても、と弥市が事件解決を見たあと、千太郎に問いかけたのは、

「あのお公さんがどうして、あんな連中の先棒をかついでいたんですかねぇ」

という謎だった。

「まぁ、そのあたりは、おいおい吟味されてはっきりすることだろうよ」

事件が終わってしまったら、千太郎はまったく興味を失ってしまうのだ。

夏の雨が降りしきる音を立てている、ここ、上野山下にある片岡屋の離れでは、千太郎が、雨音を聞きながら、なにやら書物に目を通している。

そばには、由布姫が静かに座っていた。

別になにをするでもなく、じっとしているだけなのだが、由布姫の顔は満足の様子がありありと見えていた。

千太郎のそばにいられるだけで、ほかになにもいらない、というような雰囲気が醸

し出され、はたから見たら、羨ましい限りの色気も振りまかれていた。

それでも、本人は忸怩《じくじ》たるものがあるらしい。

「千太郎さん」

なにか思い出したように、声をかけた。

「ん？」

目だけが、移動する。手や体は、まったく動かず、器用なものだと由布姫は、苦笑しながら、

「いつまで、私を放っておくつもりですか？」

「はて、そのようなことはしておらぬぞ」

「ですが、ずっと書物を読み続けています」

「これは、仕事に関わりがあるから読んでおるのだからなぁ、もう少し、待っていてもらいたい」

千太郎は、そういうとまた、本に目を移してしまった。

それでも、由布姫は不服をいうでもなく、また、じっと千太郎の姿に目を向けているだけである。

他人が見たら、なにをやっているのだ、なんのためにふたりになったのだ、と思う

ことだろう。

しばらく、同じような間《ま》が流れると、ようやく、千太郎が書物を置いた。

「さて……」

「はい？」

「雨が降っている」

「はい。さきほどより。といっても小雨のようです」

「出かける元気はありますか？」

「こんな天候のなかをですか？」

「嫌ならやめますが」

「あら、嫌とはひとこともいってませんよ」

「そうであったかな」

「そうです。雨のなかですが、私はかまいません」

「それは重畳《ちょうじょう》」

「どこに行こうと？」

「さて、どこに行きますか」

「あら、なにも決めずに出かけようといったのですか」

「なにも決めていませんでした」

「まぁ……」

平素から、変わったことをいう千太郎ではあるが、雨降りのなか、外へ行こうと誘っておきながら、行き先は決めてないとは。

「おほほほ」

「なにがおかしいのです」

「千太郎さんらしいと思いましたから」

「私らしいとは？」

「よくいえば、気まぐれ、悪くいえば、勝手」

「気まぐれと勝手では違いますか」

「まったく違います」

ふたたび、由布姫は、おほほと口に手を当てた。

「ふむ……」

雪こと由布姫を千太郎の目が見つめる。ふたりの目が合った。千太郎がしばらくじっとしていると、先に由布姫が口を開いた。

「なにか？」

「可愛い」

「はい？」

「出かけましょう」

　いきなり立ち上がって、由布姫を上から見つめる。

「この角度も、なかなか」

「なんです？」

「雨に濡れても、雪さんとなら楽しそうだ、といったのです」

「嘘……」

「本当です」

　由布姫が立ち上がろうとしたとき、帳場のほうから、誰かが来る足音が聞こえた。

「あれは弥市親分だ」

　千太郎が笑うと、由布姫がちょっと嫌そうな顔を見せた。

「おや？　雪さんは弥市親分が嫌いかな」

「そんなことではありません」

「では、その顔は？」

「せっかく、これからふたりで相合い傘ができると思ったのに」

「確かに残念ではあるが」

にやにやしながら、千太郎は座り直した。外から聞こえて来る雨音を恨めしく聞きながら、

「親分はまた揉め事を持ってきたのかな」

「あのかたが顔を見せると、必ずなにかおかしな事件が起きますねぇ」

「親分が起こしているわけではないのだが」

ふたりが、顔を合わせて笑っていると、襖が開いて、

「なにをそんなに楽しいことがあるんです？」

雨に濡れた肩や、頭を手ぬぐいで叩きながら、ふたりの前に、でんと腰を落とした。

遠慮はない弥市である。

「じつは、千太郎さんに、お化けというものを聞きてぇと思いましてね」

「お化け？」

驚き声を上げたのは、由布姫だった。

「どうして、お化けのことなどを？」

「あっしの知り合いが、お化けになりてぇといいましして」

「はい？」

「いや、本当に死んでしまってお化けになるという話じゃありませんや」

「では、なんです？」

由布姫は、怪訝な目で弥市を見つめる。

「なに、話は簡単なことでして。知り合いというのが、宮地《みやぢ》芝居の役者をやっておりますんで」

「なんだ、芝居の話か」

今度は、千太郎が声を出した。

「本当にお化けになろうとする奴なんざいません」

「いや、なかにはいるかもしれぬ」

「そんな連中は、よほど恨みがあるんでしょう」

「で、その役者さんというのは？」

「へぇ、湯島天神の境内で芝居を打っていて、花澤《はなざわ》一座というんですがね」

「お花さん一座か」

千太郎の戯《ざ》れ言《ごと》を無視して、

「野郎は、花澤友松《ともまつ》といいまして、女形です。で、女の幽霊役を振られたらしいんですが、幽霊など見たことはねぇから、どう演技をしたらいいのか、まったくわからねえ。ついては、どんなものか教えてください、と、まぁ、そんなことでして」

「親分……」

「はい、なんです」

「私とて、お化けなど見たことはない」

千太郎の言葉に、由布姫も頷きながら、

「私だって、見たことはありませんよ」

「いや、まぁ、それはいいんです」

「どういうことだ」

「ここは、錦絵なんぞも置いてあるでしょう」

「あるな」

「それを見せてくれたらそれでいいわけでして、はい」

にんまりと弥市は、微笑んだ。

「なるほど絵を見て、それを真似しようというわけか」

「頭のいい野郎です」

ふむ、と千太郎はそばに置いてあった脇息《きょうそく》を引きながら、

「しかし、治右衛門の許しがないとな」

「それをお願いしているんでしてね。へへへ」

「なにがへへへだ」

　こうして、千太郎は弥市が数日の間に連れて来るという、花澤友松という役者の手伝いをするはめになってしまったのだった。

二

　治右衛門は、千太郎の話を聞いたとき、そんなことはできない、と反対の姿勢を崩さなかった。

「売り物を貸すわけにはいかん」

　というのである。

　だが、これがきっかけで、友松が役者として人気が出たら、片岡屋の名前も世に出るのではないか、という千太郎に説き伏せられて、

「仕方がない」

　最後は、うんと頷いたのであった。

　治右衛門から許しが出たぞ、と千太郎が弥市に伝えると、

「それは、よかった。これで野郎も立派なお化けになることができますねぇ」

喜び勇んで、友松を片岡屋に連れてきた。

友松は、女形の役者だけあって、小柄で撫で肩。華奢《きゃしゃ》な男であった。

「本当に、ありがとうございます」

片岡屋の離れに弥市と一緒にやって来て、

「これで、なんとか面目《めんぼく》が保てます」

「まだ、見ておらぬではないか」

気の早い男だ、と千太郎は苦笑すると、

「でも、いいお芝居ができたらいいですねぇ」

気になるからと、屋敷から抜け出してきた由布姫が、座っている。

弥市は、自分の役目は終わったと思っているのか、どんな絵が出てくるのか、あまり関心はないらしい。

それに反して、友松はさすがに、役者である。

「あのぉ……」

千太郎の顔を見つめて、早く見たいという気持ちを送る。

「あぁ、いま持ってきてもらうから、ちと待て」

「はい」

返事をしたと同時に、襖の向こうから声が聞こえた。

「成吉です」

「入れ」

絵を持ってきたのは、手代の成吉だった。

錦絵ではない。床の間に飾る掛け軸であった。丸まっていて紫色の風呂敷に包まれている。

それを成吉は、うやうやしく解いて、

「これでございます」

これまた、うやうやしく広げた。

「よし、もうよいぞ」

「……あのぉ」

「なんだ」

「この絵の解説などはいりませんか？」

「いらぬ」

あっさり千太郎に断られて、成吉は、肩を落として部屋から出ていった。

「あんな言い方はしなくても」

由布姫が、半分笑いながら千太郎を見た。

「なに、あの者が話しだすと、どこにいくかわからぬのだ。知識があるのはいいが、それをどう使ったらいいのか、まだわかっておらぬ」

「そうでしたか」

弥市は、じゃじゃ馬だと思っている雪が、黙って千太郎の言葉を聞いていることに驚いている。

「雪さん」

「はい？」

「宗旨替えでもしましたかい？」

「どういうことです？」

「なにか、骨抜きになったような気がしますねぇ。以前、自分は女同心だ、などといって啖呵《たんか》を切っていたときとは、大違いですよ」

「そのときがきたら、また十手を取りますよ」

にんまりと、弥市に答えると、

「あまり派手なことをしてでかさねぇでくださいよ。こっちの命がいくらあっても足りませんや」

いくら雪がじゃじゃ馬だとしても、岡っ引きの弥市から見たら、危なっかしいのだろう。その気持ちがわからない姫ではない。

「はいはい。危険が迫ったときには、千太郎さんに助けてもらいますから。弥市親分は、ご安心を」

成吉がいなくなると、広がった掛け軸が残り、友松は、興味深そうに、近くに寄っていく。

「どうだな？」

心配そうに、千太郎が訊いた。役に立たなければ意味がない。

「はい、これで十分でございます」

「それは、重畳」

うれしそうに千太郎も笑みを浮かべて、

「では、なりきってみるか」

「はい。早く化けてみたいのですが、ここでは」

「道具がないな」

由布姫の顔を見るが、化粧道具を持って歩いているわけではない。

「じゃ、いまから小屋に行ってみたらいい」

弥市が提案した。

「よし、いまから湯島に行こう」

千太郎の一言で、話は決まった。

山下から、湯島まではそれほど遠くはない。四半刻もあれば十分だった。

湯島天神は、いわずもがな菅原道真《すがわらのみちざね》を祀《まつ》っている神社で、行く途中若い侍たちが数人、たむろしていた。近所には、湯島の聖堂もあるから、そこで学んでいる若侍たちかもしれない。

梅の時期になると、向かう客は増えるが、いまはそれほどでもなかった。

弥市が、千太郎のそばに寄った。

「千太郎の旦那……」

「いい天気だ」

「あの絵のことですが」

「さっきまでは、雨が降っていたのにのぉ」

「誰か、名のある絵師が描いたものですかい?」

「江戸の空は、女心と同じで、ころころ変わる」

「あの……」

「ん？　なんだ」

「聞いてなかったんですかい」

「あぁ、あれはそれほど名のある絵師が描いたものではない」

「なんだ、そうですかい」

「少々へたのほうが怖いであろう？」

「幽霊だからですかい？」

「まぁ、美人だったから、それなりの役づくりができるのではないかな」

湯島の境内に登るには、男坂と女坂がある。

由布姫がいるから、女坂にしようか、と千太郎は考えたが、

「よけいな心配はいりません」

といわれそうだから、そのまま男坂に向かった。

女坂は、だらだら坂なので、登るのも楽だが、こちらは、急階段である。左右に、桜の木などが植えられている。

境内に入ると、梅の時期なら大勢の人が集まるのだが、いまは、夏。宮地芝居はま

だ始まっていないから、参拝客はまばらだった。

それでも、数人の家族ふうの者たちが、迷子石の前で、熱心になにかを探しているのは、子どもが迷子にでもなって、この石を頼りにしているのかもしれない。

由布姫は、そんな家族の姿を見て、

「辛いでしょうねぇ」

「子どもがいなくなるのだからな」

千太郎も、迷子石の前で熱心に、名前を探している家族を見ながら答えた。

「なかには、人さらいに連れられて行ってしまうこともあると聞きます」

「なかにはあるかもしれぬな」

はぁ、と由布姫は悲しいため息をついて、

「そのようなことは絶対にあってはいけません」

「おや、雪さん」

「はい？」

「子どもがほしいのですか」

「それは、祝言を挙げたなら……」

由布姫は意味深な目を千太郎に向けた。

「ぐ……げほ。いや、その話はまだ早い」

ふたりの間では、暗黙にお互いが許嫁だと思っているが、公《おおやけ》にしたわけではないし、お互いが自分たちの身分を明らかにしたわけではない。

だから、そのような話をするのは、ご法度《はっと》でもある。

それを、由布姫が破ろうとしているから、千太郎は困って詰まってしまったのだ。

「いまは、まだ話さぬほうが……」

「あら、そうでございましょうか？」

悪戯っぽい目つきで、由布姫は千太郎を見つめる。

その目の奥には、さっさと正体を教えてほしい、という意味が込められているようだったが、

「はぁ、まぁ、そのうち」

逃げるようにして、千太郎は先に進んでいってしまった。

由布姫にしても、いまの宙ぶらりんな間柄が楽しいのだ。身分をはっきりさせてしまっては、いままでのように、気楽な会話をすることができなくなるかもしれない。

意識し合ってしまうからだ。

それなら、いまのまま、腹の探り合いのような会話を交わしながら、笑みを浮かべ

ていたほうがいい。

弥市は、ふたりの会話をはっきりと聞いたわけではないが、

「まったく、さっさと祝言でも挙げてしまえばいいのに」

ぶつぶついいながら、

「おい、友松」

「はい、なんでございましょう」

「芝居の興行までは、どのくらいあるのだ」

「あと、十日ほどです」

「それだけで役ができあがるのかい」

「まぁ、宮地芝居ですからね。それほど、練《ね》るということはいたしません」

「お前は、役作りをするのだから、偉いものだな」

「それほどでもありませんが」

照れながら、友松は答えた。それでも、幽霊になりきろうとする意欲は、弥市にも伝わってくる。

もともと友松とは、それほどの仲だったわけではない。

芝居をやり始めるまでの友松は、湯島のすぐそばにある、蕎麦屋の道楽息子だった。

銚子屋《ちょうしや》というその店の面倒を一度見たことがあり、それからの付き合いだ。

本名は、重松《しげまつ》というのだが、役者になるのなら、別の名前を使え、と親にいわれて、友松にしたのだった。

今年、二十一歳。弟がいて家の商売は、これが継ごうとしているから、家の心配はないのだ、と聞いたことがあった。

体が小柄だから、子どもの頃はいじめられたらしい。その反動で、舞台で重要な役を振られることがうれしいのだろう。

片岡屋から借りてきた風呂敷包みを大事に抱えている姿は、道楽をし放題だった頃の友松からは想像できない。

「友松……」

「はい。なんでしょう」

「おめぇが役者になろうとしたのは、どんなきっかけだったんだい？」

「それは一度、この花澤一座を見に来たとき、たしか自来也《じらいや》だったと思いますが、ケレンが楽しくて、忘れることができなかったんです」

「自来也というと……」

「はい。自来也という盗賊が、がまの上に乗って、姿を変える、というような内容です。三すくみで知られます」

「がまと蛇と、もうひとつはなんだ」

「なめくじです」

「舞台は見たことはねぇが、草双紙《くさぞうし》のようなもので、絵を見たことがあるな」

「はい。それでございましょう」

友松は、うれしそうに答えて、抱えていた丸い風呂敷包みを、大事そうに持ち替えた。

三

小屋の稽古場は狭く散らかっていた。

もっと、広いところで稽古をするのかと思っていた千太郎は、

「こんな場所で稽古ができるのか?」

せいぜい八畳の部屋程度しかない。

「これだけあれば、十分なのです」

由布姫も、舞台裏などに入るのは、初めてのせいか、興奮した面持ちで、歩きまわ

っていると、

「あまり歩くと、怪我をしますよ」

舞台裏には、せりや回り舞台などの仕掛けがあるから、気をつけろ、と友松にいわれ、頷きはしたが、

「私も舞台に立ちたくなりました」

本気と思える言葉を発した。

「雪さんなら、舞台でも映《は》えるかもしれませんねぇ」

友松がおだてるので、その気になる前に、千太郎が止める。

「そんなことをしなくてもいいでしょう」

「あら、どうしてです？」

「舞台に立つということは、大勢の男たちに見られるということです」

「うれしいことですねぇ」

「私ひとりの雪さんでいれば、それでよい」

断言すると、千太郎は、由布姫の前から離れていった。

「あらぁ？」

焼餅でも妬《や》いているのか、と由布姫はふふっと含み笑いをする。その顔は、どこと

なく女らしさと、うれしさが混じっている。

「まぁ、そんな話はどうでもいいでしょう」

弥市が、由布姫のほんのりとした気持ちをぶった切って、

「友松、まずは幽霊になってみろ」

「はい、お待ちください……」

答えた友松は、化粧道具のある部屋に向かった。

しばらくして戻ってきたとき、千太郎たちは、驚きで目が丸くなった。

髪の毛は、ざんばらで、顔は細く青くなり、手も白、顔も白。小袖だけが派手で、
片目がつぶれそうになっている。

「まさに、絵から抜け出したようだ」

全員が千太郎の言葉に頷き、

「これは、怖いですよ」

由布姫が、体を震わせながら、千太郎の手をそっと握った。千太郎も握り返す。

「そこで、おふたりさん！」

弥市が叫んだ。

「はん？」

惚け顔で、千太郎が答えると、

「そこで、どさくさにまぎれてなにをやっているんですかい」

「どさくさにまぎれてとは」

「違いますか？」

「いや、ばれていたら仕方がない」

由布姫と目を合わせて、にんまりする。

「ち……なんだい、このふたりは」

毒づきながらも、弥市の顔は微笑んでいる。

「で、おめぇさん、友松だろうなぁ」

幽霊に向かって、聞いた。

「もちろんですよ」

女のような作り声をしているが、友松に違いなかった。

「あぁ、おっかねぇ。違っていたら逃げようと思っていたぜ」

冗談ではなさそうな言い方に、

「それは、褒め言葉ですね」

友松が喜んだ。

「よし、それなら十分怖いし、いい芝居が生まれそうだ」

はい、と千太郎の言葉に、友松は笑みを浮かべて、おじぎをする。

「これで、なんとか面目を保てそうです」

「それは重畳」

「ところで、お願いがあります」

「なんだな」

「この絵をしばらくお借りしていてよろしいでしょうか」

「どうするのだ」

「手元においておき、毎日、この幽霊と話をしようかと思います。そうしたら、この絵の女性になりきることができると思いますので」

「恐ろしいことを考えるものだが」

驚きと笑いを半分にしたような顔つきで、千太郎は、答えた。

「まぁ、いいだろう。それほど高価な絵ではないし、どうせこのようなものは売れぬ」

「ありがとうございます」

うれしそうに、友松は頭を下げて、さらに、楽屋に飾っておいてもいいか、と問う。

「皆にも見せることで、ここにいるのだ、という雰囲気ができたらいいかと思いまして、いかがでしょうか」

「好きにすればよい」

「ありがとうございます」

友松は、本当にうれしそうに、何度も頭を下げ、稽古をしたいというのを潮に、千太郎たちは、芝居小屋から出た。

外は熱波が襲っている。

夏草の匂いが充満して、緑の葉が風に揺れている。雨上がりの光は、ひときわ強く感じられた。

由布姫は、興行がうまくいけばいいですねぇ、と呟いた。

「おそらく、うまくいく」

千太郎が答えると、にこりとして、

「どうしてわかるのです？」

「おや……また因縁をつけられそうだ」

「因縁とは、これまた人聞きの悪い」

また、ふたりのやり取りが始まった、という顔で、弥市は苦笑する。いい加減にし

てくれ、といいたいのか、十手をわざと振り回しながら、

「おふたりさん。幽霊が本当に出てきますぜ」

「それなら、また楽しいではないか」

「旦那……本当ですかい？」

「いや、じつは私は、幽霊は嫌いなのだ。だから、友松の気持ちがよくわからぬ」

苦笑交じりに千太郎がいうと由布姫も同調して、

「得意なかたはあまりいないと思いますがねぇ。もしいたらお目にかかりたいですわ」

「まぁ、いねぇでしょう」

弥市は、十手を懐にしまいながら答えた。

友松は、千太郎たちが帰って行ったあと、化粧を落とさずに、湯島天神の境内にある池に向かった。

まさか、幽霊姿のまま外に出るわけにはいかないので、頭からすっぽりと風呂敷をかぶって、顔を隠している。

池の前に来て、自分の顔を映してみると、

「これは、怖い……」

自分でも、化粧のうまさに驚いた。周囲を見回してみると、誰もいない。もう少し、顔を出してみようと前に出た。

はっとしたら、後ろに誰かが立っているような気がした。

だが、誰もいない。

気のせいか、と友松は水に自分の顔を映しながら、頬を歪ませたり、目をきつくしたりと、演技を練習をするのだった。

楽屋に戻ると、役者たちが幽霊絵を見ながら、わいわいやっている。なかには、こんなものを飾るとはなにごと、という者もいたが、

「演技研究のためならよろしい」

と座長のひとことで、事なきを得た。

友松は、それからもひとりになり、仲間とは口も利かずに、幽霊絵になりきるために、稽古を続けた。

やがて、夜が来た。

役者仲間たちとの食事が終わって、また友松はひとりになった。できるだけ、ひとりで稽古をしたいと思っていたからだ。

暮六つをすぎ、木戸が締まる刻限になり、友松はまた境内に出た。満月にはまだ間はあるが、今日は月が出ているので、周囲はなんとなく、見えている。月明かりのなかで、自分の姿はどう映るのか、それを知ろうと思って、池の前まで進んでみた。

姿を映してみようとして、ハッとした。

また、後ろから誰かが自分の姿を覗いているような感覚を受けたからだった。

「誰かいる?」

思わず、周囲に声をかけてみた。

だが、返事はない。

もう一度、月明かりで光っている池に自分の姿を映そうとして、前に出た。そのときだった。

「やめなさい」

後ろから声が聞こえてきた。

「なんです?」

仲間の誰かが、危険だからやめろといったのかと、振り返ってみると、

「あ!」

そこには、友松がいた！

いや、友松が演じる幽霊がいたのだ。あの、絵から抜け出たと思える女の幽霊姿が、友松の前に立っていたのである。

「そ、そんな！」

思わず、後ずさった。

「私を演じるのはやめてください」

「…………」

「な、なんですって？」

「愚弄《ぐろう》する気ですか」

「……そんな気はありません」

「でも、だめです。すぐ、役から降りなさい」

「しかし」

「もし、続けるようでしたら、あなたの命は、風前の灯と思うように……」

「まさか」

「命をもらいますからね」

ぎゃ！　っと叫んで友松は、小屋に逃げて戻ったのである。

四

「なんだって？」

友松の話を聞いて、千太郎は驚いている。

今日は、片岡屋の離れではない。弥市と一緒に、湯島の芝居小屋を訪ねて来たら、友松が青い顔で、

「本物に脅されました」

と怖がっていたのである。

「まさか、本物が出るはずがあるまい」

千太郎はなにかの見間違いではないのか、というが、

「そんなことはありません。あれは、本物でした。私にそっくりでした」

「なにぃ？」

「いえ、あの絵にそっくりでしたから」

「しかしなぁ」

弥市も、眉唾物《まゆつばもの》だ、とあまり真剣には聞いていない。

「で、役を降りようと？」

「はい、命を取られたのでは、間尺《ましやく》にあいませんから」

「幽霊が人の命を取るなど、聞いたことはねぇぞ」

「ありますよ」

「あぁ、確かにあるな」

弥市も友松も、名前を出すのが怖いのだろう、曖昧《あいまい》に頷く。

「親分……これはなにか裏があるかもしれんぞ」

「裏とは？」

「誰かの陰謀だ」

「幽霊が陰謀など企てますかねぇ」

「まさか。幽霊が人殺しなどするわけがない。これには、なにか隠されたものがあるに違いないのだ」

「それを調べようと？」

「なんだ、その嫌そうな目つきは」

「恐ろしいです」

「ご用聞きがそんなことでどうする」

「そういわれてしまったら、身も蓋もありませんや」

「それは、こっちの台詞だ」

呆れた顔で、弥市を見つめると、千太郎は、友松に向かって、

「誰かに恨まれているというようなことはないかな」

「そんなことは、ないと思いますが……」

しばらく考えて、友松は声を潜めながら、

「じつは、私がこの役をもらうまでには、ひと悶着《もんちゃく》あったのです」

「ほう」

「座長は、すぐ私にやらせようとしたわけではありません。準主役のようなもので、重要な役柄ですからねぇ」

「敵対する者がいたのか」

「いわば、大抜擢ですから、なかには気に入らねぇと思っている者もいると思われます」

「心当たりは？」

そこで、ようやく弥市も身を乗り出して、

「本当は幽霊の恨みではなく、仲間の恨みを買っているということかい」

「恨みというより、嫉妬《しっと》ですね」

「うううむ」

懐から十手を取り出した。

「勘弁ならねぇ」

「まだ、そうと決まったわけではありません」

「いや、調べてみる価値はあるぜ。誰かが、幽霊を雇って、おめぇの命を狙っているとしたら大変だ」

「幽霊が雇われますか？」

「言葉の綾《あや》だ」

「はぁ、そうですかい……」


それから、すぐ千太郎と弥市は、小屋を出ると、湯島坂下にある水茶屋に向かった。友松から、そこに、今度の抜擢の件で一番恨んでいるというか、面白くなさそうな顔をしていた男がいる、と聞いたからだった。

その男は、花澤勘之丞《かんのじょう》といい、友松の先輩役者である。

歳は、二十五歳になるが、まだ主役どころか、いつも端役《はやく》ばかりだった。経験年数だけは、十年近くなるというから、年季は入っている。

「ですが、たいてい、いてもいなくてもいいような役なんです。今回も、幽霊だから自分に回ってくるのではないか、と思っていたフシがありまして」

友松の言葉に千太郎と弥市は、調べてみよう、という話に落ち着いたのだった。

水茶屋は、坂下に連なる長屋のすぐそばにあった。このあたりは、水茶屋や小さな居酒屋、菜飯屋《なめしや》、魚屋などが軒を並べている。

水茶屋と食べ物屋が並んでいて、人通りも多い。湯島天神への参拝客が、お参り前や、そのあとに寄りやすい場所だ。

千太郎は、葦簾張りになっている入口を入って、周囲を見回した。役者なら、見たらすぐわかるはずだ。

確かにすぐ見つかった。

「あの、派手な女ものみてぇな小袖を着ているのが、勘之丞じゃねぇですかね」

弥市が、顎を向けた。

「そうらしい」

このあたりは、弥市の縄張りだから、大きな顔をすることができる。茶屋の女も弥市のことは見知っているとみえて、

「あら、親分さん」

愛想を振りまいて、そばによってきた。

「なにか御用の筋ですか？」

「いや、ちとあの客に用事があるのだが、あいつは、常連かい？」

ぽっちゃりした頬で、笹紅がよく似合う女だった。

「いえ、それほどでも。ときどき、という程度ですかねぇ。勘さんがなにかやったんですか？」

勘之丞だから勘さんか、と弥市は頷きながら、

「なにか、恨み言をいっていたとか、幽霊話をしていたとか、そんなおかしな話をしたことはねぇかい」

「さぁ……あまり話をするほうではありませんからねぇ。ただ、欲しかった役を誰かに取られた、というようなことは愚痴《ぐち》っていたような気がします」

「おう、そうか」

弥市は、やはりそうだ、という目つきを千太郎に向けた。

ふむ、と目の合図を戻した千太郎は、すたすたと、勘之丞の前に進んで、

「幽霊に知り合いはいるかな？」

いきなり質問をする。

「はぁ？　なんです、あんたは」

勘之丞は、突然、前に立った千太郎を見て、驚きながらも、ひと目で身分が高そうだと見破ったのか、

「あ……いや、なんのお話ですかそれは？」

ていねいに、応対する。

「友松の絵を見たであろう」

「……あぁ、あの幽霊絵ですね」

「どう思った」

「幽霊だと思いましたよ」

すると、弥市が前に立ち、

「しゃれた言葉で返してくれたじゃねぇかい。ちっと顔を貸してもらってもいいんだ。番屋でしっかりしごいてやるからな」

「ちょっと、親分さん。待ってくださいよ。私がなにをしたっていうんですか」

「おめぇ、昨日、幽霊を見たかい？」

「はぁ？　あの絵なら見てますが。本物などは見たことありませんよ。おかしなこと

をして、崇《たた》られたら目も当てられねぇですからねぇ」

「友松が見たといってるんだ」

「あの絵の幽霊ですか。まさか、嘘に決まってます。自分の役を宣伝するためですよ。奴も姑息《こそく》なことをしやがる」

「ははぁ……」

いわれてみたら、その言にも一理ある。思わず、弥市は千太郎の顔を見た。

「どうします、この野郎」

しばらく、じっとしていた千太郎だが、

「戻る」

一言だけいって、店から出てしまった。

すぐ後を負った弥市は、坂を下りながら、

「なにか、目星でもつきましたんで？」

「いや、あの絵をもう一度見たい」

「そこからなにか、出ますかねぇ」

「あの絵の女は誰か、それを調べてほしい」

「まぁ、いいですが、わかりますかねぇ」

「絵には、落款《らつかん》があった。それを見たら、誰が描いたのか、わかる」

「あぁ、その絵師に訊けばいいわけですね」

「そうだ」

「ですが、その女がなにか祟るようなことをしていたら、剣呑です。あしは、できれば幽霊さんなどと知り合いにはなりたくねぇ」

「あはは。その心配はいらぬよ」

「どうしてです？」

「友松が見た幽霊には足があったらしいからな」

「あぁ、人間だと？」

「誰かが、化けていたのだ」

「ははあ……」

五

落款を見ると、小さな字で、山北《やまきた》、と書いてあるのが見えた。

山北という絵師を探すことになったのだが、なかなか、その素性が判明しない。弥市は、仲間たちに手伝ってもらって絵師を探してみた。

すると、すでに、その絵師は亡くなっているという報告があがってきたのだ。弟子も取らず、一人で活動していたらしい。

つまりは、素人絵師ということである。

そのために、絵の見本になった女が誰か、ということもまったく不明のまま、二日過ぎた。

すこし手詰まりになってしまい、友松も稽古を休んでしまっている。これでは、せっかく治右衛門が貸してくれた意味がなくなってしまう。

千太郎は、弥市と次の手を考えた。

「あの絵の女の素性がわからねぇということは、どうなりますかねぇ」

「だったら、現実の女を探そう」

「はい？」

「事件の裏にはなにがある」

「さぁ……なんでしょう。幽霊ですかねぇ」

「女だ。犯罪の陰には、必ず色気が混じっているものではないか？」

「まー、そういわれてみたら、そうかもしれません」

「ならば、女を探そう。友松に女はいるかな？」

「あぁ、一度聞いたことがあります」

芝居好きの娘がいて、その女とは将来を誓い合った、と聞いたことがあった。

「その女を探ってみよう」

千太郎が、勢いづく。

「はて、その理由はなんです？」

「勘だ」

「へ？　なんの勘ですかいねぇ」

「幽霊が教えてくれたのだ」

「それは、勘というより、当てずっぽうといいませんかねぇ」

「そうともいう」

しれっとして、答えた千太郎だが、

「とにかく、いまは、なんでも探ってみることが必要だ。友松への恨みは、その女絡みということもあるかもしれぬ」

「なるほど」

「相手が幽霊だけに、目くらましにあっているということも考えてもよい」

「へぇ」

「親分、聞いておるのか」

「その女のところへ行ってみましょう」

「結局、無視されたのだな」

弥市は、答えずににやりと笑っただけであった。

まずは、湯島の友松のところへ行き、付き合っている女がどこの誰かと聞いた。

友松は、女と今回の幽霊騒ぎになんの関わりがあるのか、問題などなにもないと断言したが、

「そんなことはわからねぇ。女というのは、常に裏を持っているんだからな」

弥市が脅しのような台詞を吐いた。

「親分さんは、本当に女に惚れたことがねぇんだ」

と嫌味をいわれながらも、

「そうかもしれねぇが、念のためだ」

なんとか、友松から女の素性を聞き出した。

女は、お民《たみ》といって、湯島から不忍池《しのばずのいけ》に向かったところにある、箸《はし》を売る店の娘

だった。

今年で十九歳という。

店の名前は、桐屋《きりや》といい老舗《しにせ》だという話だった。つまり、店の付き合いもあちこちにある、ということである。

お民の関わりがあるとしたら、横恋慕だろう。

友松とお民の仲が公になっているわけではないらしい。近所の男、あるいは、どこかでお民を見知った野郎のなかに、お民に惚れている男がいるだろう、と訊いても、

「そんな話はお民さんから、相談されたことはありません」

友松は頭から否定する。

「それが、かえって怪しいな」

千太郎は、桐屋に向かいながら、呟く。

「どうしてです？」

「若い娘が誰からも言い寄られたことがないというのは、解《げ》せぬとは思わぬか。あの雪さんだって、いろいろありそうだぞ」

弥市は、苦笑しながら、

「いわれてみたら、確かにおかしい。若い女だ、ひとりやふたり、色気話があっても

いいでしょうねぇ」

「お民が嘘をついているかもしれぬぞ」

「なんのためです？」

「友松を安心させるため。でなければ、ほかの目的があるのかもしれんが……それを確かめねばな」

「へぇ」


桐屋に着いた。

間口はわずか三間の小さな店だが、店の前もきれいに掃き清められていて、品物を載せている台の上には、朱色の毛氈《もうせん》が敷かれて、なかなか小奇麗な店である。

お民は、ひとりで店番をしていた。

友松のことを聞きたいと弥市がいうと、ふたりの間柄は内緒にしているのに、と驚き顔をする。

弥市が、ご用聞きだとわかると、すぐ名前は聞いたことがある、と答えた。縄張り内のことだから、と弥市は質問を始める。

幽霊騒ぎの話を知っているか、と問うと、

「それがあってから、なかなか会えないのです」

「なにか気になることでもあるのかな？」

「いえ、怖がっているようです」

「殺されるからか」

「やりたい役ができなくなった、と嘆いてから、ここ数日は会っていません」

弥市は、友松のことを聞きにきたふりをしていた。そうしないと、警戒されるからだった。だが、千太郎は直截《ちょくせつ》に訊いた。

「お民さん、男との揉め事はないかな？」

「え？　友松さんとは仲良くやっていましたが」

「友松以外の者だ」

「はい……いえ、心当たりはありません」

「やはり、あるんだな」

「いえ、ないと……」

「心当たり、などという言葉を使うのは、あるからだ。友松には内緒にしておくから、話してみてくれぬか」

なりは立派で、すっきりした顔の千太郎を、お民は、まじまじと見た。

「あのぉ……お侍さまは？」

「おう、すまぬ。姓は千、名は太郎というてな。片岡屋という店で目利きをしている者だ。怪しいものではない」

ご用聞きと一緒にくるのだから、怪しいはずはないが、あえてそのような言葉で、お民の気持ちをほぐしたのだった。

「はい……」

爽《さわ》やかな千太郎のたたずまいに、お民も心を開いた。

「これからの話は、友松さんには伝えていないのです。あのかたは、意外と嫉妬深いので……」

苦笑いをしながら、お民は、つい二ヶ月前のことです、と話しだした。

それによると、初夏の頃、若い男が箸と箸箱を求めて店に入ってきた。初めての客で、近所の者ではなかった。

選びながら、話をすると、その男は、神田の須田町《すだちょう》で、組紐《くみひも》を売っている店の若旦那、友次郎《ともじろう》というものだという。

「友次郎……」

「親分さん、ご存知ですか？」

「いや、知らねぇ。話を続けてくれ」

その友次郎が、お民に惚れてしまい、しつこく言い寄って来るようになったのだという。

「最初のうちは、てきとうにあしらっていたのですが、あまりにもしつこいので、私には言い交わした人がいます、と伝えてしまったのです」

「それは、まずいのか」

「舞台に出ているので、ふたりの仲はあまり知られたくない、というので……」

「人気稼業だからなぁ」

「はい……。そこで、一度は諦めたようなのですが、また現れて、舞台を見たというのです」

「どんなことをいってきたのだ」

「あんな不細工な小さな女のような男のどこがいいのか、といわれました。でも、私には大事なかただと突っぱねました」

お民は、そのときのことも思い出したのか、拳をぎゅっと握る。

「そのとき、野郎はどうした？」

「はい。しばらく、なにかを考えていたようでしたが、そのうち自分になびくようになるから、それまで待っているといって、帰って行きました」

「なんだい、その自信は」

「さぁ……なにか、おかしな行動など取らなければいいが、と心配になってはいましたが、それ以来、顔を見せなくなったので、諦めたのではないかと思います」

「そうかい」

それまで、じっと聞いていた千太郎は、大きく息を吸い込んで、

「その友次郎という男は芝居が好きなのかな？」

「さぁ、話のなかには、そのような言葉は出てきませんでしたけど……」

「友松のことを出してから、というわけか」

「それほど、お芝居が好きというわけではなさそうでした。友松さんの存在を知ったから、湯島に行ったのではないでしょうか」

「何度も行ったのかな？」

「仲のいい役者さんができたというような話を一度、聞いたことはあります」

「名前を聞いたかい？」

「そうですねぇ。確か、留三郎《とめさぶろう》とか、なんとかいってましたが」

その名前に、弥市が千太郎に伝えた。

「勘之丞の弟分です」

その言葉を聞いて、千太郎は、どんと弥市の背中を叩いた。

「繋がったな、親分」

「はい？　なにがです」

「お民さん、邪魔したな」

さっと体を翻して、千太郎は店から外に出ようとして、

「親分！」

「大変なことを忘れるところであったぞ」

「なんですかいねぇ？」

「箸だ。お民さん、この親分に、ひと組みつくろってあげてくれ。私にもな」

「はい」

うれしそうに、お民はふたりの顔を見比べて、

「親分にはこちらの渋い色が……」

夫婦用の箸を探し出したのであった。

六

深夜の湯島天神の境内に、影が蠢《うごめ》いていた。

ひとりは、千太郎。

そして、弥市。

ひとりは、幽霊……。もちろん、本物ではない。久々に友松が化けているのである。

夜はしんしんと更けた、という感じではなかった。それは、三人とも、これから起きるであろうことで頭がいっぱいだったからだ。

「幽霊をはめる」

お民と別れたあとに、千太郎が言い放ったのは、湯島の男坂に着いたときだった。

「幽霊をはめるですって？」

境内で友松と会っていた由布姫が、登ってくる千太郎と弥市を坂上から見つけて、声をかけてきたのだ。

幽霊を罠にかけるのだ、と千太郎はにんまりしながら答えたのだが、

「どういうことか、きちんと話してくださいｓ。そうでなければ、なにがなんだが、さ

っぱりわかりません」

由布姫が、食ってかかったので、

「これはたまらん」

とばかりに、千太郎が謎解きを始めた。

「経緯はこうだ……」

須田町で、組紐を売っている店の若旦那、友次郎は、桐屋に行って箸を買おうとしたとき、好みの娘にあった。

それが、お民だ。

友次郎は、なんとかお民の心を自分に向けたいと、いろいろ話しかけたが、なかなかうんとはいわない。

公にはしていなかったが、お民は花澤友松という宮地芝居、花澤一座の役者と恋仲になっていた。

人気稼業だけに、陰に女がいたということが知れたら、女の贔屓《ひいき》筋に逃げられるかもしれない。

それを忖度《そんたく》しての、隠しごとであった。

あまりにも友次郎がしつこいために、とうとうお民は友松の存在を暴露する。嫉妬した友次郎は、芝居を見に行った。

そこで、どんどん敵対意識が芽生えたのだろう。

何度も、芝居に足を運んでいるうちに、留三郎という役者と親しくなった。それは、友松のことを知ろうとする、計画だったのかもしれない。

やがて、友松が幽霊の役を抜擢されたと知って、これをなんとか活用しようとしたのだ……。

「ははぁ……そういわれてみたら、すとんと腑に落ちます」

弥市の言葉に、由布姫も頷き、

「で、罠にかけるとはどういうことです？」

「友松が、夜、池のそばで幽霊から声をかけられたというが、それは、おそらく留三郎の変装だ」

「幽霊になりすまして、役を降りるように勧めたんですね」

「そうだ。あの役をやりたいと思っていたのは、勘之丞かと思っていたが、ほかにもいたのだな」

「それが、留三郎……」

由布姫が、目を細める。

「だから、その気持ちを友次郎に伝えた。おそらく、留三郎をたきつけたのは、友次郎だろう」

「それで、役を降りろと脅して、自分がその役を取ろうとしたんですね」

「友松は、その幽霊の言葉に恐怖を感じて、降りる気持ちになってしまった。計画はうまく進んでいたというわけだが」

弥市が、鼻を鳴らして、

「ふん。おっとどっこい、俺たちがいた。いや、千太郎さんがいて、すべてを見通した、というわけですかい」

千太郎は小さく頷きながら、

「今度は、こっちが脅かす番だ」

そして、いまこの刻限。湯島天神の境内に、三人は集まっているのである。

この計画を立てたとき、千太郎は由布姫に、頼み事をした。それは、留三郎の贔屓になってくれ、ということだった。

この刻限、この場所に呼び出すための、策略である。

それほど人気《にんき》のない留三郎に近づき、

「私はあなたの贔屓です。今晩、境内にお待ちしております」

恥ずかしそうに、そういわせたのだった。

「野郎、来ますかねぇ」

「し……」

足音が、小屋のほうから聞こえてきた。

「来ました」

弥市が囁いた。三人は、迷子石の陰に隠れているから、こちらの姿は見えないはずだった。

月は出ているが境内すべてを見通せるわけではない。

まさか、そんなところに人が待ち伏せをしているなど、予測するわけがない。

歩いてくるのは、小柄な男のようだった。留三郎に間違いないだろう。でなければ、この刻限にこんな場所を散歩するようなおかしな者などいない。

「友松の野郎、ドジを踏むなよ」

弥市が呟いた。

幽霊役がうまくできなければ、この計画は、おじゃんになる。バレてしまったのでは、意味がないのだ。

「野郎、まさか友次郎を連れてくる、ということはねぇですかい？」

「それはあるまい。女の贔屓に会えるのだ、他人を連れてくる馬鹿はいない」

「へぇ、たしかに。それにしても、こんな簡単な話に乗るなんて、留三郎もそうとうな馬鹿ですぜ」

暗闇で、弥市のくすくす笑いが響いた。

「し……だめです。声を出しては」

由布姫に注意されて、へぇ、と頭をすくめながら、

「月があまり出ねぇほうがいいですかねぇ」

夜空を見上げて、呟いた。

「驚かせるには、暗いほうがいいに違いないが……」

さきほどまで隠れていた月は、風が強くなったために、雲が流れるせいか、明るくなり始めたのだ。

足音は、ゆっくり、そろそろという雰囲気で進んでくる。

提灯を持っていないから、足元がよくみえないのだろう。

「あまり早くこっちに来てしまっては、まだ友松が来てませんからねぇ」

「留三郎が、迷子石のあたりに来てから、という約束だからな。まだ、早い」

「へぇ……」

　といってると、

「あ……友松め、もう出てしまった……」

　弥市の言葉で千太郎と由布姫が、足音の方向に目をやると、確かに、友松らしき姿、いや、幽霊に変装した友松の姿がぼんやり浮かんでいる。

「あいつ、いつの間にあんな技を」

「よほど研究していたのであろうな」

　おそらく、そばにある石にでも上がっているのだろう、ぼんやりと、空中に浮かんでいるように見えるのだ。

「ケレンが好きだという話だった」

「こんなところで、活用できるんですねぇ」

　感心です、と由布姫も驚いている。

　幽霊姿になった友松が出たことで、留三郎は、驚くかと思っていたが、

「てめぇ、よくも騙しやがったな！」

　叫び声が聞こえてきたではないか。

「しまった……」

　ばれている、と千太郎が呟いた。

　そこで、取っ組み合いでも始まるかと思っていると、

「やや。あの野郎、逃げていきました。なんだ、口ほどでもねぇ」

「どうしたんでしょう」

　喧嘩が始まると思っていた三人は、拍子抜けをする。

「あれ？」

　今度は、友松が消えていた。

「追いかけて行ったんでしょうか」

「あの馬鹿、いい加減にしておけばいいものを。あんな野郎と喧嘩してもろくなことにはならねぇぜ」

「まぁ、自分の大事な役の取り合いだからのぉ。邪魔をされて、怒りが収まらぬのであろう」

「そうでしょうがねぇ」

　三人は、迷子石の陰から立ち上がり、池のそばまで進んだ。

　そこに――。

「あ……野郎、戻ってきました」

幽霊姿の友松だった。

弥市は、懐から携帯用の龕灯《がんどう》を取り出し、友松を照らす。

「親分、まぶしいですよ。留三郎にばれてしまいますから、しまってください」

「なに？」

友松の言動がおかしい。弥市は千太郎と由布姫に顔を向けた。

「おめぇ、留三郎を追いかけて行ったんじゃなかったのかい」

「はい？　私はいま出てきたところですが……」

そういって、周囲を見回しながら、

「留三郎はどこです？　来てないようですが。これじゃ、計画は失敗ですねぇ」

「なんだと？」

「だって、留三郎がいないんじゃ、話になりません。せっかく、いろんな脅し文句を考えてきたのに」

「ち、ちょっと待て」

怖そうな声で、弥市が問う。

「おめぇ、いま出てきたといったな」

「はい」

「留三郎とは会っていねぇと？」

「もちろんですよ」

「こ、こ、これは」

弥市の声が震えている。

「なにが起きたんです？」

素っ頓狂な顔で、友松が訊いた。

「どうしたんです、みなさん……」

弥市だけでなく、千太郎も足が動かなくなっている。その手を由布姫が、ぶるぶる震えながら、握りしめていた。

七

開演前の湯島天神の境内。

今日は、夏だというのに、曇って少し過ごしやすい。

ときどき、雲間から差し込む光が、境内の池に反射していた。

迷子石と池の間に出ている縁台に、千太郎と由布姫が、並んで座っていた。その横に、弥市が立っている。

さらに、その横には、友松とお民が仲良く、揃っていた。

「やっと開演日が近づきましたねぇ」

長かった、といいながらも、お民はうれしそうだ。

「よかったねぇ友松さん。幽霊役をしっかりと演じてくださいよ」

由布姫が、念を押した。

「はい。本物が出てきて、留三郎をやっつけてくれたんですから」

「まさか、あそこで、本物の幽霊さんが出てくるとは、夢にも思っていませんでした。あの女性は誰だったのか、なんとか、探って、きちんと供養してあげたいと思います」

ご用聞き仲間の調べで、山北という絵師には、息子がいたことが判明した。その息子から、あの絵の話が聞けそうだ、と報せがあったのだ。

「留三郎は、小屋から逃げ出して、どこかに消えてしまいました」

「馬鹿なことをやるからだ」

弥市は、手厳しい。

「人を羨んだり、嫉妬したりしても、いいことはないのだ。まずは、己の力をしっかりと蓄えて、そして、勝負を挑む。これが、生きる道ということだな」

千太郎の言葉に、全員が頷く。

「そういえば、友次郎はどうしました？」

由布姫の問に、お民が答える。

「やはり、留三郎と結託していたようです。あれから、一度も顔は見せていません。こりたんではないでしょうか」

「ゴリ押しはいけねぇ」

弥市の言葉に、そのとおりだ、と千太郎も嬉しそうだ。

「さて、天気もいいことだし」

「え？　曇ってますが」

弥市が、薄笑いをする。

「ん……まぁ、気にするな」

「気にはしませんです。で、天気もいいから、なんです？　飯でも食いに行こう、というんですね」

「……人の台詞を取るでない」

その会話に、皆が大笑いをする。

由布姫が、そっと寄ってきて、千太郎の耳元に囁いた。

「友松さんとお民さんは、手を繋いでますよ。仲がいいですねぇ」

そういって、そっと千太郎の手を握り締めた。普段の千太郎なら、すぅっと逃げていくのだが、

「ふむ」

と答えただけで、じっとしたまま、

「では、こうだ……」

呟いて、由布姫の指を握り返した。

池で、なにかが跳ねた。

「あら、鯉が……あれは、夫婦でしょうか」

雲から出た一条の光が由布姫の頬を照らした。

「きれいだな」

「私ですか？」

「鯉のほう……」

会話が聞こえていたのだろう、お民が笑い、友松が笑い、最後には、弥市も笑った。

「これで、いい芝居ができそうです」

そのとき、ふとなにかが、通り過ぎたような気がして、千太郎と由布姫は、同じ方向を振り向いた。

大木の下に、絵の女性がいるように見えたが、ほかの者たちは気がついていない。

「まさかねぇ。笑っていましたよ」

「ふむ。怖くなかった」

「私たちを祝福してくれたのかもしれませんね」

ふむ、と千太郎と由布姫はもう一度、木のほうを見たが、もちろんそこには、誰も人はいなかった。

「さぁさぁ。ご飯にしましょう!」

由布姫の声が響き、また頬に光が差した。

第三話　深川の簪《かんざし》

一

弥市が焼けた？

火事にでもあったのかと千太郎は驚いて、徳之助をじっと見つめた。

「違いますよ、陽に焼けたんです」

なんだ、そんなことか。千太郎は紛《まぎ》らわしいことをいうな、といつものごとく女物のような派手な衣装の徳之助を見た。

「夏だからな、歩き回っていたら、陽に焼けもするだろう」

「いままで以上で、真っ黒です。あれじゃ、夜歩いたら、わからねぇ。犬コロにしょんべんを引っかけられますぜ」

「陽焼けに身分はあるまい」

「はぁ？　どういうことですかいねぇ」

「なに、気にするな」

「………」

徳之助は、千太郎に妖《あや》かしでも見るような目線を送りながら、

「旦那は、おかしな人ですねぇ」

「はん？」

「まだ、自分が誰なのか、思い出せねぇんですかい？」

「人は、誰も自分のことなどわからぬものだ」

「そうじゃなくて」

「覚えておらぬのか、と問うなら」

「そうですよ」

「そのとおりだな」

「本当ですかい？」

そうとは思えねぇ、と徳之助はいった。

「まぁ、身分を隠して、江戸の町にいるということも考えられますからねぇ」

「ほう」

「本当は、どこぞ大名のお殿様だ、なんてぇことはありませんかねぇ」

「もし、そうだとしたらどうする」

「どうするって？　決まってるじゃねぇですかい。お城で暇な下男にでも雇ってもらって、腰元あたりと、よろしく……てなもんです」

「気楽な男だな」

「それが取り柄でしてねぇ」

暑さしのぎなのか胸を開いて、そばに落ちていたうちわで、風を送り込んでいる。

「暑いのは、確かだが……」

うちわをぱふぱふさせている徳之助を見て、千太郎は訊いた。

「なんの用だ」

「はぁ……」

「弥市が焼けた、などと謎解きのような話をしにきたわけではあるまい」

「まぁ、その……そうです」

「どうした、女に捨てられたのか」

「……旦那。あっしがそんなどじをふむと思っていたら、大きな見立て違いだ。その逆ですよ」

「はて」

徳之助は、だらしない格好をさらに、裾を挙げて、脛にうちわを当てると、

「持てる男は辛いねぇ」

なぁ、そこの若いの、と半分笑いながら、成吉に声をかけた。

「仕事中ですから」

相手にならない、という顔で成吉は徳之助のほうには顔も向けない。

ふん、と鼻で笑って成吉を見ながら、

「そんなに仕事ばかりしていても、女には持てねぇぜ」

「いいのです」

「おや、若いくせに、そんなことをいっていたら、女に嫌われて、最後は、せいぜいお歯黒どぶで野垂れ死にだ。それだけならいい、瘡《かさ》持ちなんぞになったら目も当てられねぇ」

お歯黒どぶは、吉原でも最下級の娼婦たちがいる場所で、瘡持ちというのは、性病である。

「冗談ではありません」

「そんな場所には行かねぇ、とでもいうのかい」

「いまは、仕事一筋です」

「へぇ……」

「そこの目利きさまが、近頃あまり仕事をしてくれませんから、私がとってかわらなければいけないのです」

「熱心なことだな」

「邪魔しないでください」

ちらりと一度だけ徳之助を見てから、成吉は、ふたたび、手元に広げた書画の目利きに没頭し始めた。

「旦那……あんなことをいってますが、いいんですかい、あんなにのさばらしておいて」

わっはは、と笑いながら、千太郎は、

「なに、あれでも、本当は私に私淑しようとしているのだからよいのだ。人は表だけではわからぬ」

「そうですかい」

徳之助は、半分、ふてくされている成吉から目を離すと、

「で、ご相談なんですが」

だらしのない格好から、体を起こして、目をきりりとさせる。さっきまでのぞろっぺぇな態度とは大違いになった。

「ほう、その真剣な態度は、やはり女からの頼みごとらしい」

「うひひひ」

「気持ち悪い声を出すな」

「まぁ、聞いてくだせぇ」

三日前のことだった。

春の宵なら、ほろ酔い加減も気持ちがいいものかもしれない。

だが、この日は木戸が締まりそうな刻限になっても、蒸し蒸しして、汗が体にへばりつくようだった。

徳之助は、深川の富岡八幡の近所を歩いていた。

いまは深川の石場に住んでいる女のところに居候をしているのだが、その日は、櫓下の居酒屋で、弥市と会っていたのだった。

ろくでもない生活をしている徳之助ではあるが、密偵としては、なかなかの腕を発揮する。それを当て込んで、弥市が使っているのである。

その日は、新たなる盗人が現れたという噂も、どこぞの悪がなにかを企んでいるという話題も出なかった。

近頃の江戸は、無事平穏だった。

夏のせいで、悪党どもも休んでいるのかもしれない、と弥市は喜んでいる。

一刻ほど話し込んでから、ふたりは別れた。

弥市は、縄張りまで戻って、夜回りをする、という。

徳之助は、そのまま石場の女のところに戻ろうと、ふらふら一の鳥居あたりを歩いていると、

「もし……」

「…………?」

「もし……そこのおかた」

鳥居のそばにある、石灯籠の陰あたりから声が聞こえてきた。

夏の夜だ。

おかしな化け物にでも声をかけられたのか、と身震いする。

なにしろ、さきほど弥市から、幽霊絵の女が本当に姿を現した、という話を聞かさ

れたばかり。

慌てて走って、その場から逃げようとしたとき、

「お願いがあります」

さぁっと白いものが徳之助の前に立ったではないか。

「ぎゃ!」

声を上げて、逃げようとすると、

「足はあります!」

大きな声が聞こえてきた。女が必死で叫んでいたのだ。その思いが徳之助の足を止めさせた。

「なんだって?」

「ほらこのとおりに足がありますから、ご心配はいりません」

白いものが、裾をまくった。

見えたのは、確かに女のふくらはぎだった。女の体を見慣れた徳之助の目が、確かに女体だと確認した。

二

女は、名前をいわずに、ちょっとこちらに来てくれ、と鳥居から離れて、小さな掘割のそばまで連れて行った。

常夜灯のもとで見る顔は、足を見なければ本当に、出たぁ！　っとでも叫んでしまいそうである。

「すみません……突然」

「いや、まぁ……正直驚いたぜ」

蒸し蒸ししていたことも、なんとなく、気持ちをおかしな方向にさせていたともいえるかもしれない。

「で、なんだい」

月明かりのなか、女は白い顔をさせて、

「このあたりです」

そういって、掘割からちょっと行ったところにある、木立の陰に進んでいく。

「おいおい……これ以上、おっかねぇ思いはしたくねぇからな」

徳之助は、腰が引けている。

「こちらを見てください」

といったと思ったら、

「あ……ない。消えている」

「なんの話だい」

「さっきまで、あったのに」

「なにが、あったって?」

「死骸です」

「なにぃ? 脅かしちゃいけねぇ。もう、たくさんだ、そんな冗談は」

「冗談ではありません」

女の顔は真剣だった。

「本当に、ここに死骸があったと?」

「はい。間違いありません」

「どんな死骸だったんだ」

女は、ちょっと思い出すふうに、小首を傾げて、

「男のかたでした」

「歳は？」

こんなときは、さすが密偵の根性が戻ってくる。

「三十歳は過ぎていたかと」

「なりはきれいだったかい。つまり、江戸勤番か、それとも、浪人か、職人かという意味だが、わかるかい？」

「髷を見ると、月代《さかやき》はちょぼちょぼ生えていました」

「浪人かもしれねぇな」

「どうでしょう」

「紋は見えなかったかい」

「わかりませんでした。ここに、横になって、紋付は着ていなかったと思います。ただ、暗かったので……」

はっきりとはいえません、と女は答えた。

顔つきからは、嘘とは思えねぇ、と徳之助は、内心、呟きながら、

「ここを離れたのは、どのくらい前だったんだい？」

「ほんの、四半刻も離れていません。さきほど、あなたさまに声をかけたのは、見つけて、すぐのときです」

「ふぅむ」

「恐ろしくなって、すぐ誰かを探しましたから……」

そうか、と徳之助は答えるが、そこに死体がないのは、確かだ。見間違いをしたんじゃねぇか、と思って、

「酔っ払いだったのかもしれねぇぜ」

「違います」

「どうしてわかる」

「息はしていませんでした。鼻の上に手を置いてみたから間違いありません。それに、胸も動いてはいませんでした」

必死で女は訴えるが、とにかく、そこには、人の死体どころか、猫の死骸もないのだから、仕方がない。

「ところで、あんたは、どうしてこんな夜中に、こんなところにいたんだい？」

夏だから、白っぽい小袖を着ているのは、わかるが、商家の娘にも見えない。だいたい、普通の娘ならこの刻限に、ひとり歩きなどしないだろう。

女は、かすかに、困り顔をする。その動きから、徳之助は、ははぁ、と頭のなかで、得心した。

このあたりに夜な夜な出没する、夜鷹《よたか》だ。それなら、ひとりで歩いていたのも、頷ける。

つい、その考えが顔に出たのだろう、

「ご想像のとおりです」

女は、悲しそうな目で徳之助を見つめた。

「ですが、死体があったのは、嘘ではありません」

夜鷹だとばれたことで、信用されなくなると思ったのだろう。だが、徳之助は、ちょっと前に進んで、

「疑ってなんざいねぇよ」

「本当ですか」

「あぁ。だが、はっきりしねぇことだからな。なんともいえねぇのは、わかってくれるだろう」

「はい」

「名前は、なんていうんだい」

「吉《きち》といいます」

「お吉さんか……」

少し間をおいてから、徳之助は思い切って、

「俺の知り合いに、ご用聞きがいるから、ちょっと話をしてみよう。本当に死体があったのなら、ほうっておけねぇ」

「でも、殺されたのかどうかは、わかりません。確かに、ただの酔っ払いだったのかもしれませんし」

態度に変化が生まれた。ご用聞きという言葉に、おじけづいたらしい。

「血が流れていたのを見たわけでもありませんし……」

「まぁ、そうだが」

「お邪魔しました。私はこれで」

突然、そこから逃げようとするお吉に、

「ちょっと、ちょっと」

後ろから、肩に手をかけて止めた。

「逃げなくてもいいぜ。俺は、ご用聞きとはまったく関係ねえからな。むしろ、女の味方だ。困ってる女を見て、そのままにしておくわけにはいかねぇよ」

「困ってはいませんから」

突然、頑固そうな人柄になったお吉に、徳之助は苦笑しながら、

「まぁ、そういうない」

「でも……本当に困っているわけではありません。死骸はなくなっていたんですから、もう、いいでしょう」

「そうはいかねぇさ。本当に人が殺されていたのかもしれねぇ。俺は、お吉さん、あんたを信じるぜ」

「…………」

信じるなどという台詞はあまりいわれたことがないのだろう、お吉は、眉をひそめたり、髪の毛に手を伸ばしたりと、落ち着かない。

「あんたの塒はどこだい」

「…………」

「寝泊りしているところくれぇはあるだろう」

「それは、ありますが……」

そういって、お吉は、永代橋の方向に目を向けた。

「違うな。小名木川《おなぎがわ》のほうかい？」

お吉がわざと反対方向を見た、と看破《かんぱ》したのだ。

小名木川といわれて、お吉は体をぴくりとさせた。

「どうやら、図星だったらしい。じっくり話を聞きてぇから、連れて行ってくれねぇか。悪いようにはしねぇから」

「商売をする気はないんだよ」

ふふっと徳之助は笑みを浮かべて、

「そんなあこぎなことをする俺じゃねぇから、心配するねぇ」

笑みを浮かべて、なんのまじないなのか、手をひらひらさせる。その仕種がおかしかったのか、お吉は、ため息と同時に、

「ふふふ。あんたは、面白い人だね」

「そうかい」

「いいよ。連れて行く」

「ありがてぇ」

「でも、おかみさんが待っているんじゃないですか?」

「そんな面倒な女はいねぇよ」

石場の女は、女房ではないから、嘘はついていないことになる。

ふと、顔が浮かんだが、戻らなかったからといって、不服を言い立てるような女ではない。

徳之助は、子どもっぽい笑みで、

「さぁ、行こうか」

すうっとお吉の手を取った。その飾り気のない仕種に、思わず、

「あんた、女たらしだねぇ」

感心したように、お吉は笑った。

「俺にとって女はかけがえがねぇのよ。だから、大事にするんだ。たらし込んでいるわけじゃねぇんだぜ」

「普通は、そういうんですよ」

呆れた声は出しているが、お吉は楽しそうだった。


お吉は、永代寺、富岡八幡の裏側に出て、亀久橋《かめひさばし》を渡った。左に浄心寺《じょうしんじ》の屋根がぼんやりと暗い空に浮かんでいる。

「なんか、気味が悪いなぁ」

声をかけられた女がお化けではなかったとはいえ、夏の夜だ、なにが起きるかわからない。

それに、浄心寺のとなりは、霊巖寺《れいがんじ》。周辺には、寺社が並んでいる。

「怖がりですねぇ」

馬鹿にされながら、お吉のあとを付いていくと、コの字を逆にして下の一本を除いたような形で二本並んでいる橋が見えてきた。

扇橋《おうぎばし》と新高橋《しんたかばし》だ。

このあたりは、海辺新田《うみべしんでん》とか、海辺大工町《だいくちょう》などと呼ばれている一角だった。

お吉の住まいは河岸《かし》そばにあった。

それほど大きな長屋ではなく、目の前に小名木川が流れ、水音がかすかに聞こえてくるような長屋だった。

あまり、大きな声が聞こえてこないのは、酔っ払いがいないということだ。

男が大勢住んでいたら、かならずひとりやふたりは、大虎《おおとら》がいるものだ。それに、なんとなく、女の香りがする。

化粧の匂いだ。

だが、鼻を蠢かせながら、徳之助は、首を傾げる。あまりにも、化粧の匂いが蔓延しているように思えたからだった。

井戸端もかなりきれいに使われているように見える。

「お吉さん……」

　思い切って、疑問を聞こうとすると、お吉は、すぐ戸を開いて、

「どうぞ。汚いところだし、なにもないところですけどね。夏だけではなく、いつも温かいところですよ」

　部屋が暑いとか、温かいとかそういうことではないだろう。自分が暖かく迎えるという含みがあるのだ。

「やはりそうか……」

　部屋に一歩踏み込んで、見回す。

　確かに、家具などはほとんどない簡素な部屋だった。

　だが、そこにひとつだけ、この部屋にそぐわない派手な屏風が置かれてあった。その裏には、赤っぽい蒲団がきれいに畳まれている。

「ここで……」

　悲しそうな目をする徳之助に、

「そんな顔はやめてください」

　こうやって生きるしかない女もいるのだ、といいたそうだった。

　千太郎や弥市ならば、生まれはどこだ、どうしてここまでになってしまった、家族

は、子どもはなど、質問するのだろうが、徳之助は、言葉を失っているだけだった。

三

いつの間にか来ていた由布姫と弥市は、徳之助の話を聞きながら、渋面《じゅうめん》を作っている。

話を聞いたのは、途中からだが、だいたいの内容は、把握できているのだ。千太郎は、目をつぶってしまった。

徳之助は、隠れてそんな振る舞いをしている女だからといって、嘘をついているとは思えねえ、と呟いた。

弥市が応じる。

「おめぇはそういうがなぁ。死骸を見たのは、そのお吉という女ひとりだろう。調べようがねぇ」

「だから、いまからちょっと出張《でば》ってくださいよ。現場を見たら、なにか見つかるかもしれねぇ」

「無駄だな」

「そんな冷たいこといわねぇで」

「死骸がねぇなら、事件は起きてねぇのだ」

徳之助も負けずに、言い返す。

「まともに生きていねぇ女の話だからでしょう。それは、偏見だ」

「馬鹿なことをいうんじゃねぇ。俺はそんな了見の狭い男じゃねぇぞ。事件かどうかわからねぇ、といってるだけだ」

「だったら、その証拠を見つけてください」

「場所は覚えているのかい」

「もちろんでさぁ」

仕方なく、弥市は千太郎に目を向けた。

「どうしましょう」

それに答えたのは、由布姫だった。なんとなく、目を潤ませているのは、お吉に同情しているのだと思える。

「私が、偉そうにいえる立場ではありませんが……」

弥市をじっと見た。

「へぇ……なんでしょう」

「その女のかたの力になってあげてくださいませんか」

「雪さん、気持ちはわかるが、力になるもならねぇも、その女が自分で殺したわけじゃねぇでしょう」

「そうですねぇ」

それでは仕方がないかと、雪こと由布姫は、肩を落とした。

だが、お吉の身にとんでもないことが起きていたのである。

その知らせを持ってきたのは、成吉だった。

「あのぉ……」

いつになく真剣な顔で会話をしている千太郎や弥市たちの姿を見た成吉は、襖を開いて、息を飲んでいる。

「どうした」

千太郎が訊いた。

「はい外に、徳之助さんを訪ねて、女が待っているんですが」

「女？」

お吉か、と徳之助は、半分立ち上がって、誰だい、と成吉の顔を見た。

「それが、太った女の人です」

「太っている？」

「はい、けっこうなお歳の人ですが」

「なんだって？」

　お吉ではなさそうだ。

「ここを教えたのか」

　千太郎が訊いた。

「すみません。なにかあったら、明日は片岡屋にいる、と教えてしまったんです。まぁ、親分が来るはずだとも思っていたので」

　別に怒っている様子のない千太郎を見て、徳之助は安堵の顔をしながら、成吉にふたたび目を向けた。

　弥市は、そんな婆さんにまで手を出しているのか、といいたそうだったが、

「どんな用事か聞いたのか」

「いえ……それが、本人だけに話すというもので。一応、おかしなことになったら困るので、何度か尋ねたのですが」

「話を聞いてみる」

ここで、話し合っていても埒《らち》があかねぇ、と徳之助は立ち上がった。弥市も一緒に行こうと膝立ちになる。

「十手は見せねぇでくだせぇよ」

「わかってる」

懐に押し込んでいた十手の先が出ていないか、確認してから、弥市が立ち上がった。

「よし、いいぜ」

ふたりは、成吉のあとをついていった。

店の前で待っていたのは、五十歳にはなっているだろうと思える女だった。赤い前垂れをしていて、白髪頭が悲しい。

「あんたかい、俺に会いたいというのは」

「徳之助さんですね」

「そうだが」

「私は、お吉さんと一緒の長屋に住んでいる、お兼《かね》といいます」

「そうかい。で、なんの用事なんで？」

「お吉さんが捕まりました」

「なに？」

「今朝、甚五《じんご》という岡っ引きが来て」

「なぜだい」

「お吉さんが人を殺したと……」

「殺した？　詳しく話してみろい」

「仲町《なかちょう》に茶屋があるんですが、その店の前で、死体が見つかりました」

「……死体」

　徳之助は、となりにいる弥市を見る。

「あぁ……」

　弥市も、頷いて、お兼を促した。徳之助が話した死体となんらかの関わりがあるのかもしれねぇ、という顔つきだった。

　お兼は続ける。

「お吉さんがその下手人だといって……」

「連れて行ったと？」

「はい」

「その根拠はなんだい。裏がねぇと捕縛などできねぇ」

「そばに手ぬぐいが落ちていたんです」

「手ぬぐい？」

「はい……あのぉ。お吉さんがどんなことをしていたか、ご存知ですよねぇ。あまりおおっぴらにはいえないことですが」

「あぁ、知っている」

「その関わりでございます」

「どういうことだい」

聞いたのは弥市だった。徳之助の話を頭から否定していたところにこの話だ。そのままにはできねぇという雰囲気だ。

「お客に覚えてもらいたいと、手ぬぐいを作っている人がいるのです」

「人がいるだと？」

怪訝な目つきで弥市は、徳之助を見る。

「どういうことだ。お吉はひとりでやっているわけじゃねぇ、という話のように聞こえるんだが」

徳之助は、頷いた。

「そういうことだろうなぁ」

つまり、長屋には、お吉以外にも、同じ商売をしている者たちがいる、ということになる。

徳之助は、長屋に入った瞬間、脂粉の匂いが強かったのを思い出す。

「殺されたという野郎は、誰なんだ」

「それが……」

お兼は口ごもった。いいにくそうにしているのは、お吉とも関わりがある証だろう、と徳之助は考えた。

「ひょっとして、お吉さんの陰の旦那かい」

「いや……そうではなくて」

「では、なんだ」

「近所の島次郎《しまじろう》という、職人です」

「何者だい、そいつは」

「お吉さんに言い寄っていた男です。ですが、お吉さんは、自分の正体を知らないから、そんなことをいうのだと……」

「突っぱねていた」

「はい。ですが、おそらくは、島次郎さんのことは好いていたと思います」

お兼は、涙を流しながら、

「島次郎さんは、本気でお吉さんに惚れていたはずです。女房に欲しいと口説《くど》かれていたのに、どうしても嫌だというので、島次郎さんは、どうしてだ、と疑問に思っていたと思います」

「ううむ」

徳之助は、唸り声しか出ない。

「だが、どうしてその島次郎が殺されたんだ。甚五という岡っ引きはどんな理由をつけたんだ」

「あまりにもしつこく言い寄られて、つい、かっとして殺したんだろうと」

「死因は？」

「簪で首を刺されていたそうです」

「それは、おかしい」

後ろから声が聞こえた。

いつの間にか、千太郎が来て、お兼の話を聞いていたらしい。

「簪で一突きなど、そうそう簡単に人を殺せるものではない」

「確かに、そうですぜ。よほど剣術の腕があるか、急所を知っていなけりゃ、そんなことはできねぇ」

弥市も首を振りながら同調する。

「お吉さんは誰かにはめられたにちげぇねぇぜ」

徳之助が、呟いた。

四

千太郎は、岡っ引きの甚五という男の見立ては間違いだ、と断言する。

おそらく、殺したのは少なくても、剣術の腕を持つ男だろう。女かもしれないが、そうだとしたら、武家育ちであるはずだ。

お吉は、武家育ちではない、とお兼は答えている。上州《じょうしゅう》のほうから流れてきた女だという。嘘ではないだろう。

島次郎のほうになにか問題があって、それの関わりで殺されたのではないか、と弥市は岡っ引きの勘を働かせる。

「親分……甚五という岡っ引きを見知っているか」

「いや、縄張り違ぇですから」

「話を通すのは、難しいか」

「へぇ、手札を誰からもらっているのか、それを知ることができたら、なんとかなるかもしれませんが」

だが、難しいと顔は伝えている。

それは、お吉が私娼だからでもあった。

かってにやってる夜鷹の類は、吉原など、幕府公認ではない。

それだけに、守るのは難しい。私娼たちのことなど、岡っ引きたちには、虫けらのようにしか考えていない連中が多いのだ。

甚五という親分も、たいして探索をした様子もなく、すぐお吉を捕縛したところから、同じような岡っ引きだと考えることができるだろう。

こちらの話など、頭から否定することだろう。むしろ、馬鹿にされるのがオチである。

「それなら、かってに調べるしかないな」

千太郎の言葉に、弥市はへぇ、と答える。

「親分！」

徳之助が、叫んだ。

「なんとか、お吉を助けてやってくだせぇ。あっしが惚れた女だ」

「もう、惚れたなどといってやがる」

「離れて寝たにしても、一夜を共にしたことにはちげぇねぇ。そんな女が困っているんだ。なんとかしてくれ」

すがりつかんばかりの徳之助の態度に、

「わかった、わかった」

弥市は、面倒くさそうに答えるが、内心では、お吉を助けたいと考えているのは、間違いのないことだった。

千太郎は、お兼に島次郎の住まいはどこだったのか、訊いた。殺されたなら、その裏になにか、揉め事が隠されていたに違いない。

そこから、調べていこう、というのだった。

お兼が戻っていくと、徳之助は呆然としている。

由布姫が、帳場で成吉と不安そうな顔で待っていた。

「どうなりました？」

徳之助が、お兼が伝えてきた内容を伝えると、

「それは、いけません。本当の下手人を探しましょう」

「もちろんです」

徳之助が、肩を揺すりながら答える。

昼が近くなり、気温が高くなってきたようだった。その暑さが、弥市や徳之助をさらに、イライラさせる。

成吉は、うちわを持ってきて、ふたりに渡しながら、

「そのお吉さんという女のかたは、本当に殺していないのでしょうか」

「なにぃ？」

徳之助が、目を剝く。

「いえ、当てずっぽうですから、あまり気にしないでください。でも……」

「なんだい、いいたいことがあったら、ちゃんといえ。それが当たっているかどうか、判断してやる」

「昨晩、お吉さんは、徳之助さんに死体を見た、と話をしたんですよねぇ」

「あぁ、そうだ」

「どうしてそんなことをしたんです？」

「本当に見たからだろうよ」

「でも、死体があったのは、違う場所でしょう」

その言葉に、千太郎も頷き、弥市と目を合わせる。

「どうして、死骸が動いたんですかねぇ」

成吉は、それがわかりません、といいながら、また帳簿付けに戻った。

「死体が徳之助を連れて行ったところにあったのかどうかは、誰も見ていねぇから、判断はできねぇ」

弥市が、首を振った。

「あのお吉さんは、嘘をつくような人じゃねぇ。女をいっぱい知っている俺が言うのだから、間違いはねぇ」

必死に徳之助は、お吉をかばう。

「死体は誰かが、動かしたんですね。その理由がわかれば、下手人も判明するのではありませんか？」

由布姫が、いった。

「動かさなければいけねぇ、理由があったんでしょうか」

徳之助が、首を傾げる。

「その理由としてどんなことが考えられるんでしょうねぇ」

思案しながら、由布姫がいう。

「簪の傷を調べたら、どれを使ったのかわかりますか？」

顔を弥市に向けて訊いた。

「さぁねぇ。よほど、大きなものとか、先に特徴があるとか、そういうものがねぇと……」

「そうですよねぇ」

「ていねいに見たらわかるかもしれませんが、甚五という野郎がそこまでしっかり調べたとは思えませんや」

「そうですか」

落胆する由布姫に、千太郎は、まだ助け出せる余地はある、と勇気を与える。

「死体の移動というが、死体が二体あったとしたらどうだ」

「え？」

「お吉さんが見た死体と、見つかった死体とは別だということも考えておかねばならぬではないか」

「あぁ、なるほど……。でも、そうなるとますますややこしくなりますぜ。どうなっているものやら。死体だらけになる」

「まぁ、いまここで推測ばかり話しても仕方あるまい。とにかく島次郎という男がどんな暮らしをしていたのか、それを探るのが先決だ」

それと、もうひとつ、と千太郎は弥市の顔を見て、

「お吉さんがすぐ吟味されないように、なんとか、手配をしてもらいたい」

「そうですねぇ。番所に連れて行かれてしまっては、こちらでは手が出せなくなってしまう」

「では、頼んだぞ」

千太郎の言葉に皆が頷き、それぞれの役目を果たそうと、動き出すことになった。

弥市と徳之助は、お吉がいた長屋に行って、あの日のお吉の手ぬぐいが残っているかどうか、調べることにした。

客になってくれた男に渡していたというが、誰にでも渡していたのではない、とお兼はいった。

だとしたら、客のひとりが、島次郎を殺して、手ぬぐいを置き、お吉に濡《ぬ》れ衣《ぎぬ》を着せたということも考えられる。

千太郎の意見で、あらゆるところから探索をしてみることにしたのだった。

問題は、島次郎がどこで殺されたかだろう。

死体が見つかったのは、仲町ということだが、死体を動かすには、それだけの力が

必要だ。女一人では動かすことは無理ではないか。

それは、弥市も同じ意見だった。

「つまり男が下手人ということですね」

「それは、いまのところはわからぬ。最初から決めつけてしまっては、見えるものも見えなくなるから、気をつけねばいかぬ」

「へぇ……」

弥市は、千太郎の言葉を肝《きも》に銘じながら、お吉の長屋に向かった。お吉の客筋も知ることができるだろう。

そのなかに、お吉を恨んでいたとか、島次郎と確執があった者はいないか、それを探ろうというのだった。

一方、千太郎と由布姫は、一緒に島次郎の周辺を調べてみることにした。誰か、殺すほど憎んでいた者はいないか……。

そこから探ってみようというのだった。

島次郎の住まいは、浄心寺裏にある長屋だった。

居職《いじよく》だから、あまり外には出ず、いつも家で仕事をしていたに違いない。となると、普段の暮らしぶりははっきりしているはずだ。

道順はお兼から聞いているので、迷うことなく、行くことができた。

長屋の入口には、住人の名前がべたべたと貼られていて、そのなかに、小間物、島次郎という名前が見つかり、

「あれですね」

由布姫が、指差した。

長屋のなかに入っていくと、昼時のせいか、ご飯やら、味噌汁の匂いがしてきた。腹がすいているのか、匂いに釣られて、千太郎の腹がなった。

笑いながら、由布姫が、

「あとで、美味しい中食でもとりましょう」

「それは、ありがたい」

「それより、まずは島次郎という人のことを聞けるでしょうか」

長屋の連中は、昼飯をとっているところだろう。外に出てくるか、あるいは呼び出すのは、はばかられる雰囲気である。

なに、そんなことは気にすることはない、見てなさい、と千太郎は、井戸端のそばに行って、つるべを思いっきり引いた。

どんという音がして、水が井戸端に流れた。

水の音が激しく、何が起きたのかと思うことだろう。

おそらく、それを狙って、千太郎は、水を井戸端にぶちまけたのだ。

予測どおり、がらりと戸の開く音がして、

「誰だ、いまごろ水を無駄使いしているのは！」

江戸では水は大切である。無駄使いする者は、あまりいない。水道を使っているからだ。

そのうち、ぞろぞろと、住人が出てきた。

「あんた、誰です？」

そのなかでも、一番、年長と思える男が、千太郎の前に立った。悪戯をした者がどんな輩なのかと思って出てきたのだろうが、

「あのぉ……」

予測と異なって、身なりが立派で、しかもどこか高貴な香を醸し出している千太郎を見て、腰が引けたらしい。

「いや、すまぬ、起こしたかな」

「……もう、みな起きてますが」

「これは、二度すまぬ。じつは、こちらに住んでいた島次郎さんという人のことを知りたくてな、話を聞いてくれぬか」

「なんの話でしょう」

町方とは思えぬが、つい頭を下げてしまった。

「あなたさまは、どういうかたでございましょう。私はこの長屋の、松蔵《まつぞう》という者です。大工の棟梁《とうりょう》をやっております」

「ほう、松蔵さんは、大工の頭領《とうりょう》か」

「はい……」

「それで、なかなか押し出しがあるのだな」

「へぇ、それはお褒めいただいて……」

ありがたいとは思うのだろうが、それより、この侍は何者、という顔つきである。

それに、となりに静かに立っている由布姫を見ても、ただの町娘、あるいは、武家の娘には見えない。不審に思っている節《ふし》がありありと感じられた。

他人の思惑など千太郎は、頓着《とんちゃく》しない。いきなり、単刀直入に訊いた。

「島次郎という男は、どういう人間だったのか、それを知りたいのだ」

「はぁ、それはどのような意味のことでございましょう」

会話が聞こえているのだろう、それまで閉まっていた戸が開き、

「なにごとだ。あれは誰だ」

と、不躾《ぶしつけ》な言葉を吐く者たちもいた。

五

横柄《おうへい》な態度にも、松蔵は、頭を下げながら、

「島次郎は、まぁ、いい男といっていいと思いますが」

なぁ、と後ろにいる数人にも同調を求めた。

後ろに十歳くらいと思える歳の女の子が立っていた。

「そうだ、お重《しげ》ちゃんは、いつも遊んでもらっていたよなぁ」

お重ちゃんと呼ばれた女の子は、うんと頷き、

「島次郎のおじさんは、いつもお面を、満右衛門《みつえもん》のおじさんは風車をよく買ってきてくれたよ」

「ほう……」

子煩悩《こぼんのう》だったらしい。それは、お重の態度からも感じることはできる。

「はい、確かに、そうでした。この長屋ではなく、外の子どもたちも集めて、鬼ごっこなどの遊びを教えたりしていました」

「ふぅん……」

この話を聞いたところでは、島次郎は近所の者たちからも好かれていたと思える。

「満右衛門という人はどういうおかたです？」

由布姫が訊いた。

「はい……」

と松蔵は頭を下げながら、由布姫を値踏みするような目つきをしてから、

「いまは留守にしていますが、この長屋の住人で、ご浪人です」

「あぁ、そうでしたか」

由布姫は、あまり事件とは関わりはなさそうだ、と千太郎を見つめる。

問題は、浪人ではなく島次郎のほうだ。

「島次郎が、殺される原因など、心当たりはないか」

「さぁ、それが、さっぱりですねぇ」

どうして殺されたのか、それがわかりません、と松蔵は首を傾げるだけだった。

「誰か、島次郎さんのことで、近ごろ変わったことがあったとか、いきなり行動に変

化が生まれたとか、そのようなことを聞いたことはないかな」

「さぁ……」

松蔵は、外に出てきた者たちの顔を見るが、全員首を左右に振るだけである。

「つまりは、殺されるような恨みなどは、買っていないと」

「そんな島次郎ではありませんでしたから」

ほかの住民たちも、そうだ、と頷く。

「島次郎には、惚れた女がいたと聞いているが?」

「あぁ、お吉さんですね」

「知っておるのか」

「へぇ、まぁ……」

どうやら、お吉の商売がどんなものなのか、それを知っているらしい。

「周りが反対したということは?」

「まぁ、いい大人がやることですからねぇ、周りがやいやいいう問題では、ありませんから」

「反対していた者とか、苦々《にがにが》しく思っていた者などはいないと」

「皆は、見て見ぬふりをしていました」

「そうか……」

　由布姫は、この長屋からはそれほど目ぼしい話は聞くことはできないのではないか、と目線を千太郎に送った。

「どうやら島次郎はどうして殺されたのか、皆のなかでは確たるものは無さそうだな」

　由布姫の目くばせを見ながら、千太郎は訊いた。

　松蔵は頷き、

「長屋の者たちで、どうして殺されたのか、いろいろ話し合ってみたんですが、最終的には、わからねぇというのがオチでして」

　申し訳なさそうに、松蔵は頭を下げながら、

「あのぉ……」

「なんだ」

「お侍さまは、島次郎とはどのような関わりのあるかたでしょう」

「いや、まぁ、ちょっとした仲だ」

　まともな返事ではなく、松蔵がどう判断したらいいのか、困り顔をする。

　すると後ろから女の声が聞こえた。

「いままで、お侍との付き合いなどあまりなかったと思いますんでねぇ」

松蔵が、女房のお尚《ひさ》です、と告げた。

「島次郎さんは、一度、お吉さんを連れてきたことがありました」

「ほう……」

「そのときの島次郎はどんな様子だったかな」

「それは、嬉しそうでしたよ。ただねぇ」

「ん？　ただ、なんだ。なにか揉め事でも起きたのか」

「いえ、満右衛門さんが……」

お尚が、松蔵に助けを求める。

「あぁ、あのときか……満右衛門さんは、女郎《じょろう》をこんなところに連れてきた、という嫌な顔をしてましたが。でも、ただ、あの美しさに見とれていたのかもしれません」

「見とれていた？」

「はい」

「で、なにか起きたのか」

「いえ、それだけです。満右衛門さんは、おとなしい人ですから、喧嘩などするような人ではありません」

「二人の仲は？」

「島次郎さんとですか？　別に悪いということはなかったと思います。まぁ、お侍と職人ですから、あまり話が合っていたということはないと思いますが」

「衝突するようなこともなかったのだな」

「一度も見たことも聞いたこともありませんねぇ。ふたりとも、子煩悩なところはよく似ていました」

「ふむ……」

「そういえば……」

松蔵がなにかを思い出したらしい。

「仕事のほうで、なにか揉めている、と悩んでいたような気もしますが」

「ほう、それは？」

「なんでも、簪を大量に頼まれたけど、それに横やりを入れてきた人がいるとのことでした」

「その話は誰に訊けば詳しくわかるかな？」

「はい」

といって、教えてくれたのは、小間物屋の名前だった。その店は、両国の広小路にある伊勢富《いせとみ》という店で、そこの主人から、島次郎は贔屓にされているとのことだった。

「横やりを入れられたというのは？」

「さぁ、そこまで詳しくは話してくれませんでした。仕事の話はあまりしませんでしたからねぇ」

そうか、と答えて、千太郎は小さく頭を下げる。

「いまから、その伊勢富に行ってみよう。また、なにかあったら来るかもしれぬので、よろしくな」

「ご苦労様でした」

まるで、町方にするような挨拶を松蔵は、返した。

苦笑しながら、千太郎は由布姫を連れて、長屋から表通りに出た。

「その伊勢富が鍵になりそうですね」

由布姫が話しかける。

「そうらしい……だが……」

「なにか、目星がつきました？」

「いや……」

「でも、その顔は、どことなく気がつき始めたと……」

「顔に書いてあるかな」

「さぁ……」

「そんなに私の顔は、わかりやすいか」

「はい……よくわかりますよ」

「おや、それは困った」

「いえ、私は困りません。むしろありがたいと思っています」

「ありがたい？」

「はい、うれしい、とでもいいましょうか」

「ありがたくて、うれしいと？」

「もう、おわかりでございましょう？　なにが顔に書かれているか」

「さぁ、なぁ」

「おや……それは、気がついていてもいいたくない、ということですね」

「近頃、雪さんは皮肉をいうようになってきた」

「本音《ほんね》といってください」

「ううむ」

形勢が悪くなってきたと思ったか、千太郎はすたすたと、先に進んでしまった。

追いついた由布姫は、そっと千太郎の袖を摑んで、

「それにしても、お吉さんはどうなるのでしょう」

「弥市親分が、手を回しているはずだから、すぐ吟味されるということはないと思うが、どうかな」

「島次郎さんが、自分の長屋に連れて行ったというのは、驚きました」

「ふむ、それほど惚れていたのだろう」

「お客さんだったのでしょうね」

「おそらく」

「なんとか、島次郎さんはお吉さんに、そんなところから足を洗ってもらいたいと思っていたんでしょうねぇ」

由布姫の声は沈んでいる。

「そのようなお吉さんが、島次郎さんを殺すはずがありませんね」

「ふむ」

千太郎は、由布姫の言葉を上《うわ》の空で聞いたようだった。

やがて、足を止めると、

「雪さん……」

「はい?」

じっと、目が合った。

「あ……はい」

ふたりだけが通じる合図が交わされた。

「私は、少し離れます……」

由布姫は、歩幅を狭くして、歩く速度を落とした。

「それがいい。すぐ終わると思う」

「千太郎さんの腕があれば、心配はありませんが、気をつけるにこしたことはありませんからね」

「ふむ……」

ふたりは、意味不明な会話を交わすと、由布姫が、千太郎の歩きから少し、遅くなった。

ふたりの間が広がる。

山下に戻るために、ふたりは大川沿いを上っているところだ。左側に大きな川の流れを見ながら、千太郎は、そのまま右の路地に入っていった。

昼時を少し過ぎたあたりの周辺は人通りは少なくっている。

暑いせいもあり、通路に並べられた縁台には、うちわを使ったり、冷え水を飲む人たちが並んでいた。

千太郎は、そのような人込みから逃れるように、足を進めていく。やがて、小さな野原に出た。

「なにか用かな?」

ちょっとだけ小高くなったところを背にして、千太郎はいきなり足を止めて、振り返った。

そこには、昼というのに、手ぬぐいで顔を隠した、侍が立っていた。黒っぽい衣服を着ていることもあり、顔は汗だらけである。

「手を引け」

「なんだって?」

「あの事件から手を引けというておる」

「はて、あの事件とはなんのことか」

「惚けるな」

「本気でわからぬのだが」

当然、千太郎は、島次郎の事件のことだろうと、推量している。

「おぬしは、何者だ」

「よけいなお世話だ。とにかくあの事件から手を引くのだ。もしいうことを聞かないのなら、腕ずくでも」

「ほう……」

侍は、いきなり刀を抜いた。

「あまり大きな声を出すと、人が集まってきてしまうぞ」

「やかましい！」

「ほらほら、その声だその声」

揶揄しながら千太郎は、侍との間合いを測る。

「逃げるな……」

「それは、こちらの台詞だがなぁ……しかし、おぬし、誰だえ？」

千太郎は、あくまでものんびりとした声音《こわね》である。

その態度に相手は、焦《じ》れ始めたらしい。

「死ね！」

抜刀しざま、千太郎目がけて打ち込んだ。

「おっとっとと」

半分、ふざけているような動きを取りながら、千太郎は、

「ちょっと、気をつけろ。切っ先が触れたら怪我をするではないか」

「やかましい！」

ふたたび、死ねと叫んで、飛び込んだ。

それも、右に体を飛ばして躱した千太郎は、

「おう、いい腕をしておるな」

「…………」

「だが、私には勝てぬ」

「うるさい！」

「負け犬ほど大きな声を出すというぞ」

ほれ、といいながら、千太郎も抜刀すると、切っ先を先に伸ばしながら、突きの姿勢で前進した。

足元は、草が生えているので、ときどき滑りそうになる。力を入れて、足元を固めた千太郎は、

「さぁ、ここで勝負だ」

と、青眼に構えると、敵もそれに呼応するように、同じく青眼に構える。

二人の動きが止まってしまった。

だが、千太郎がその場を選んだことに、敵はすぐ気がつくことになった。千太郎は、背中に太陽を背負っているのだ。

敵はまぶしくて、千太郎の姿が消えてしまう。

つい、目を細めた、その瞬間だった、

「ほれ！　そこだ！」

青眼から、上段へと構えを変えて、切っ先が、ずんと振り下ろされた。空気を切り裂く音が聞こえて、

「う……」

敵がその場にうずくまっていた。

千太郎の刀は峰を返して、敵の肩を砕いていたのだ。

「おぬしは、誰だ……」

「ふん。そんなことはどうでもいい」

「よくはあるまい。このまま斬り捨ててもよかったのだ。それを救ってあげたのだか

ら、感謝してほしいものだ」

「馬鹿なことを……。おまえこそ、何者」

「ただの目利きであるよ」

「なに？」

「まぁ、よい」

そこに由布姫がやって来て、

「いつから私たちをつけていたのでしょうか。事件から手を引けといっていたような声が聞こえていました」

「つまりは、島次郎に関わりがあるのだな」

「やかましい！」

浪人は、いきなり立ち上がると、どんと千太郎の体を突き飛ばして、そのまま逃げて行ってしまった。

「あ！　逃がしてはいけませんよ！」

慌てる由布姫に、千太郎はなに、だいたいのことはわかっている、とにやりと笑ったのだった。

六

伊勢富のある両国広小路は、これから書き入れの刻限を迎えているようだった。

江戸勤番侍は仕事から離れて、暮れ六つまでの暇を楽しみ、職人たちも、仕事を終えて、これから居酒屋にでも繰り出そうとしている様子に包まれている。

東両国では、女の裸を使ったいかがわしい芝居なども披露されているのだろう。

そんななか、伊勢富はこぢんまりとした店のたたずまいを見せていた。間口三間ばかりの小さな店だった。

主人を訪ねると、店番をしているのが、主の富八《とみはち》だった。

三十くらいだろうか、顔は若そうなのに、白髪頭だった。

千太郎は、島次郎に簪の注文をした話を聞き出した。

島次郎は、それほど凝ったり、高価なものは作らないが、腕は確かだから、客には人気のある職人だという。

つい最近、あるご大身《たいしん》から、同じものを十個頼まれたというのである。

伊勢富には、もうひとり職人がいて、仁三郎《にさぶろう》という。

仁三郎も腕が悪いわけではないが、人間が汚い。金に執着がありすぎるとして、富八はあまり仕事を回さなくなっていたらしい。

「なるほど……その仁三郎という男は、かっとなったら、人殺しをするような男なのか？」

千太郎の質問に、富八はしばらく考えていたようだが、

「少々短気ですから、そんなこともないとはいえませんかねぇ」

「なるほど」

「島次郎を殺したのは、お吉とかいう女だと聞いていますが」

「ほう、こんなところまで、そんな話が伝わっているのか」

「教えてくれたのは、仁三郎です。十個の注文が自分に回ってきたと喜んでいましたねぇ……」

そうか、と千太郎はうなずく。

由布姫の顔が、なにかに気がついたように、晴れている。

「これで、本当の下手人が割れそうですね」

「そうだろうか」

「違うのですか？」

「…………」

「簪を使って、首を突いて殺したのですから、そんなことができるのは、簪に慣れている人です」

「それが、仁三郎だと……だが、証拠はない」

「でも、すべてはその職人に、目が向くようになっていますよ」

「そこが問題なのだ」

「どうしてです？」

それには、千太郎は答えず、

「雪さん……ちと、急ぎます」

「どこに行くんです？」

「さっきの長屋です」

「島次郎のところですか？　いまさらなにをしに行くんです？」

「ちょっと、気がついたことがあります」

そういって、店から飛び出すと、千太郎は、急激に走りだした。韋駄天《いだてん》のように走る。由布姫は、置いていかれてしまった。

「まったく……いつも自分だけ気がついて、私たちには教えてくれないのだから

「……」

　小言をいいながら、由布姫は、あとを追いかけていく。

　島次郎の長屋につくと、いきなり松蔵が住む戸口を叩いた。顔を出したのは、松蔵の女房、お尚だった。

「あぁ、さきほどの」

「すまぬが、風車をよく買ってお重ちゃんにあげていた、満右衛門という浪人はいるかな？」

「さぁ、さっき戻ってきたみたいですが」

「どこだ」

「ここから、右の三軒目です」

　礼もそこそこに、千太郎は満右衛門の住まいの前に行って、戸をどんどんと大きく叩いた。

「なんでしょう？」

　がたびしと音を立てながら、戸が開き、
　そこから出てきたのは、色白の、いかにも冴えない雰囲気の浪人だった。その顔を見て、千太郎は、なぜか落胆の色を見せる。

「おぬしが、三浦《みうら》満右衛門？」

いきなり訪ねてきて、呼び捨てにされたら普通は怒り狂うはずだが、満右衛門は、のんびり、そうですが、と答えた。

「……あ、いや、人違いのようであった」

「あぁ、そうですか。では」

戸を半分ほど閉めかけたとき、満右衛門の手が見えた。色白の顔には似合わない、太い男の手である。

と、千太郎の眉が寄せられて、

「おっと……三浦殿……」

「はい？」

「申し訳ないが、ちと外に出てもらえないか」

「はて……」

「いや、ご不審はごもっともなれど、ちとお訊きしたいことがあるので」

「……失礼なかただ……。名を名乗られよ」

「これは、すまぬ。姓は千、名は太郎、と申す。山下の片岡屋で、書画骨董、刀剣などの目利きをしておる」

「目利きを?」

「こちらへ、出てもらいたい」

「なにが目的かわからぬが、そのように頭を下げられたら、仕方がない」

戸を開いて表に出てきた。足がどぶ板に触れた。

腰には、脇差を差している。

長屋の連中がなにごとか、とぞろぞろ出てきた。夏のせいか、なかには片肌脱いだ職人ふうの男もいた。

由布姫も、ようやく追いつき、汗を拭き拭き、千太郎の傍までやって来た。

「どうしたのです」

満右衛門に、小さく頭を下げた。そのとき、満右衛門の目が、一瞬光ったのを、由布姫は、見逃さない。

満右衛門から、離れるようにしたそのとき、

「きえ!」

なんと、千太郎は、満右衛門の腰から脇差を引き抜き、それで、相手の脳天を叩こうとしたではないか。

「あ、なにをする！」

叫んだと同時に、満右衛門の体は、反転して、どぶ板の向こう側に回っていた。その素早さに、千太郎はにやりと笑みを見せてから、ぽんと脇差を満右衛門に戻すと、それを、ひょいと受け取った。

「やはりな……」

「なんです。なんの悪戯です」

「満右衛門さん……」

「なんですか」

不機嫌な声で、千太郎をにらみつける。

由布姫は、いまの満右衛門の体技に驚いている。よほど鍛えていなければ、あの千太郎の振り下ろした剣から逃げることはできないはずだ。

「島次郎を殺したのは、おぬしだな」

千太郎の言葉に、周りにいる全員が目を丸くして、後ずさった。

「なにをいうのだ」

満右衛門は、じりじりと後ろに下がっていく。そのまま、長屋から外に逃げだそうとする思いが見え見えだった。

「逃げるか」

「濡れ衣を着せられて、そのままここにいるわけにはいかん」

「島次郎を刺したのは……」

そこで、千太郎は言葉を止めて、

「お尚さん……さっきの十歳くらいの娘さんを呼んできてくれないか」

「はい」

といって、お尚は、向かいの家に行き、

「お重ちゃんいるかい」

なかから、ちょっと待って、といって、女の子が出てきた。

「いま、おとっつぁんに薬を飲ませていたの」

そういうと、千太郎に小さくおじぎをした。

「お重ちゃん、いつもこの人が風車を買ってくれたんだね」

千太郎が、普段とは異なる態度で、お重に訊いた。

「そうです」

「ありがとう……」

お重との話が終わって、千太郎は、満右衛門に体を向けた。

「皆は騙されたが、私の目はごまかせない」

「なんのことか、さっぱりわからぬのだが」

「島次郎の首についていた刺傷を、ご用聞きたちは簪だと決めつけた、そこに落とし穴があったのだ」

「………」

「お重ちゃんの言葉と、おぬしが見せた素早さから、いろんなことが見えてきたのだ。先端が尖がっているものは、簪とは限らないとな。つまり、風車だ」

「………」

「おぬしの腕があれば、首の急所を見つけることはたやすい。女のお吉さんがそんなことができるとは思えぬからな。そこから、腕に覚えのある侍だと目星をつけはしたが、簪だと目くらましされていたのでなぁ」

「ふふふ……」

満右衛門は、不敵に笑いながら、

「そんなことをいったところで、私がやったという証拠はどこにあるのだ」

「証拠か……ないな」

あははと、満右衛門は、馬鹿笑いをする。

「それで、私を下手人呼ばわりするというのは、どういうことか教えてもらいたいものだ」

「なに、すぐわかる」

「なんだと?」

「あんた、余計なことをしたんだよ」

「なに?」

「わからぬか? 私の命を狙ったことだ。そんなことをしたから、よけい気がついた。私を邪魔にするのは、誰かと考えると、島次郎殺しの下手人だろう」

「そんなことはわかるまい」

「あはは。おそらく、あの刺客を雇ったのだろうが、よけいなことを喋るなとは教えてなかったのか」

「………」

「襲われたとき、この事件から手を引けといわれたのだ」

「むぅ……」

「つまり、その刺客を見つけて、白状させたら、それで一件落着というわけだが、どうかな?」

「ふん、見つけてからいうのだな」

「そこにいるではないか」

千太郎は、長屋の入口を指さすと、うろうろしている浪人がいた。その瞬間、

「逃げるな！」

叫ぶと、浪人は走りだした。千太郎は、由布姫の顔を見た。

由布姫は、素早くどぶ板を踏んで、浪人目がけて飛んでいく。

七

「どうだ、いまのうちだぞ。自白をしたら、罪一等を減じることができるかもしれぬからな」

千太郎の言葉に、満右衛門は、顔を真っ赤にさせて、

「やかましい！」

脇差を抜いて、飛びかかってきた。

短い刀では不利だとわかっていながら、それでも斬りかかるとは、そうとうな自信があるのだろう。

だが、千太郎には通用しない。

「もう一度、尋ねる。島次郎を殺したのは、おぬしだな」

「ふん。あの男、お吉を自分のものにしようとしたからだ」

「横恋慕などをしても、無駄だとは考えなかったのか」

「島次郎が連れてきたとき、俺はこの女をものにしたい、と考えた。だが、島次郎がいる限り、お吉はこちらに振り向くはずがない。そこで、島次郎に諦めさせようとしたのだ」

「そんなことがうまくいくわけがない」

「いうことを聞かぬから、殺したまでよ」

「だが、お吉が疑われてしまい、お前は焦ってしまったのだろう」

「島次郎は、簪のことで揉めていた。だから、町方の目はそっちに向くと踏んでいたのだが」

「世の中、悪事がうまく流れるわけはないのだ。そこになおれ！」

「なに？」

お前は誰だ、という目つきで千太郎を睨んだ。ただの目利きではなさそうだ、といいたそうだった。

そこに、弥市と徳之助が顔を見せた。なにが起きているのか、と啞然としている。

「親分……よくここに」

「へぇ。お吉が自身番で、ある男に付け狙われていた、という話をしたそうです。それが、三浦満右衛門という浪人だと聞きまして」

「いいところに来た」

千太郎は、三浦満右衛門との会話をすべて告げる。

「へぇ……風車の心棒ですかい。それは誰も気がつかねぇ。みんな簪だと思っていましたから。だけど、死体を動かした理由がわからねぇなぁ」

そういって、満右衛門に十手を向けた。

「ここまできたんだ。みな白状したほうが、楽になれるぜ」

弥市の言葉に、満右衛門はふんと鼻先で笑いながら、

「どうやら、逃げられぬらしいが……」

そういって、長屋の入口に目を向けた。そこには、徳之助が立っている。また、長屋の連中も、逃がさないという顔つきで、行く手を遮っていた。

「島次郎を殺したあと、その場に捨てたのよ。すると、すぐ女の姿が見えた。隠れて見ていたら、なんとお吉だった。びっくりして、立ち去ったたから、すっかり島次郎だ

と知られたと思って、すぐさま、自分がその場に横になった。酔っ払いと間違えばいいと思ったのだが、あの女、死体だと勘違いしたらしいな。姿が消えてから、立ち上がって、死体を動かしたというわけだ」

「なるほど……。誤算は、そのお吉が捕まってしまったことだったというわけか」

満右衛門は、黙ったまま、じりじりと長屋の外へ向かおうとした。

と——満右衛門の前にお重が立ちふさがった。

「風車のおじちゃん」

「…………」

「悪いことしたの？」

「う、ううう」

「だったら、ちゃんとして。そうして、また私に、楽しい風車を買ってちょうだい。そうしたら、私、またおじちゃんと遊ぶよ。だって、おじちゃんが買ってくれる風車で遊ぶのたのしかったから、ね」

「う……お重ちゃん……すまねぇ」

跪《ひざまず》いて、観念するのかと思ったら、いきなり、お重を抱いて、首に脇差を突きつけた。

「そこをどかねぇとこの子の命はないぞ」

「なにをする！」

　お重は驚いて目を瞠《みは》っているが恐そうな顔ではない。満右衛門は、お重を抱いたまま、じりじりと長屋の外に向かって、歩いていく。

　長屋の住人たちから罵倒が飛ぶが、気にするような満右衛門ではなかった。

「ふん、最後には、こうして悪党も笑うことができる、ということだ。わかったか！」

　木戸の前に立っている徳之助も手を出すことはできずにいる。

　憎々しい顔をしたまま、満右衛門は、長屋の木戸のところまで行ったのだが、

「あ！」

　全員が、また驚かされた。

　崩れ落ちるように、満右衛門が、その場に倒れたからである。

「なにが起きたんだ？」

　弥市も徳之助も、長屋の住人たちも驚き顔をしているところに、

「逃がしはしませんよ」

　そういって、木戸の陰から出てきたのは、由布姫だった。

「浪人には、逃げられましたが、これで、私の失敗もお相子《あいこ》ですね」

「なに、最初からあんな浪人など、どうでもよかったのだよ」

千太郎が笑いながら答える。

「どうしてです？」

「あの浪人は、たまたま通りかかったどこの誰かも知らぬ者だったからなぁ」

その言葉に、由布姫だけではなく、満右衛門が、がっくりするのだった。


翌日——。

無事、お吉は解放された。

だが、島次郎は戻っては来ない、とお吉の顔はすぐれない。そんなお吉を由布姫は、なんとか元気づけようとして声をかけている。

片岡屋の離れの障子戸をすべて開いているので、風が入ってくる。それでも、夏の風は容赦ない。

セミの声が、夏の暑苦しさを示しているが、ときどき、聞こえる鳥の鳴き声が、その暑さを緩めているようだった。

弥市は、事件の報告があるからといって、姿は見せていないが、徳之助が、ちんまりとお吉と一緒に座っていた。

「なんとかご赦免になることができました。ありがとうございました」

お吉がていねいに手をつくと、一緒になって、徳之助も神妙な顔つきをする。

「これから、どうする」

千太郎が、訊くと、

「はい……江戸を離れようと思います。そして、また一からやり直してみようかと」

「そうか……」

千太郎は意味深な目を由布姫に向けた。なんです、という目を返してきたが、すぐ、あっと気がついたらしい。

「どうです、お吉さん」

「はい」

「私のところで働いてみませんか」

「え……まさか」

「たいして、面白いところではないかもしれませんが。もし、よければ、私が尽力いたしますよ」

「それは、うれしいお話ですが……」

徳之助もそれはいい、という顔で由布姫を見つめる。江戸を離れずに済むなら、それが一番いいといいたそうだった。

「よければそうしませんか」

最初は喜んでいたお吉だったが、しばらく、思案してから、

「でも……やはり、せっかくのお話ですが、やめておきます。江戸を離れて一からやり直したい、と思った気持ちを私は大事にしたいと思いますので」

「………」

由布姫は、千太郎を見つめる。

「そうか、それなら、それでよかろう。なに、少々離れていたとしても、その気になったら、いつでも会える」

「はい」

がっかりする徳之助だったが、

「まぁ、お吉さんが一番いい方法を取るほうがいいかもなぁ。江戸から消えると思ったら、悲しくなるが」

「あら、徳之助さんには、石場のおねぇさんがいらっしゃるではありませんか」

「いや、まぁ、それはそれとして」

慌てる徳之助を見ながら、三人は、笑みを浮かべている。

「さて……」

千太郎が、ぽんと手を叩いた。

「どこか、飯でも食いに行こう、でしょう」

笑いながら由布姫が、半分立ち上がると、

「ううむ。近頃は、先を読まれていかぬ」

「読まれているのは、先だけではなく、鼻毛もではありませんかい？」

徳之助の言葉に、由布姫は、口を開けて笑った。

お吉も、にこやかにしている。

セミの声が止まった。急に付近は、しんとなって、いままでの過去を洗うような雰囲気に変化した。

お吉の顔が、かすかに曇ったが、

「みなさん、江戸最後の中食……ご一緒させていただけませんか」

「当然でしょう」

徳之助の声が、いつになく弾んでいた。

第四話　夏の盗人

一

「鬼になるしかない……」

左之吉《さのきち》は、刀を抜いて刃を行燈の光のなかにかざした。

冷たい光が、目の前に揺れている。

「復讐するには、これしかない」

だが、左之吉は、いまは身分を捨てて、ただの遊び人に成り下がっていた。

そんな自分になにができるのか——。

自問する。

「世間に知ってもらうためには、これが一番いいのだ……」

死さえも覚悟の顔だった。

じっと、刃を見つめながら、左之吉は自分の過去を思い出しつつ、そばに落ちている二枚の書付《かきつけ》を見る。

一枚は、引きちぎられた書付。

そして、一枚はいままで自分が調べてきた結果を書いた書付。

それを、行李《こうり》の一番下にしまい込んで、蓋をした。

いままで、この地図を作るために、あちこちに忍び込んできたのだ。

顔はいまでも忘れようがない、あの梶浦儀三郎《かじうらぎさぶろう》という男……。

「あの男と、もうひとり……近江屋《おうみや》を見つけなければ……」

ふたりの陰謀にはまらなければ、左之吉が武家奉公をやめることはなかったし、江戸屋敷から逐電《ちくでん》する必要はなかった。

それは、ある宴会の日であった。

左之吉は、本名を、水町《みずまち》左之吉といって、さる藩の勘定方に奉公する侍だった。

上司は、梶浦儀三郎といって、自分の仲人《なこうど》である。

その梶浦が、あるとき御用達の商人と取り交わした文《ふみ》を見てしまったのだ。

その日、左之吉は、梶浦に招待されていた。梶浦の息子が元服した祝いの席で、内儀の美津《みつ》とともに、梶浦邸を訪ねた。

その席の途中で、一度、訪問客が来たから、といって、梶浦は場を外したことがあった。御用達の商人が挨拶に来た、という話だった。四半刻もしたら、梶浦は戻ってきて、なにごともなく、祝いの会は終わろうとしていたのである。

左之吉が厠《かわや》に立って廊下を歩いていたときのことだった。

廊下の隅になにか書付のようなものが、落ちていた。

白く四角い紙で、しゃがんで拾ってみた。

「なんだ、こんなところに？」

開くのは憚られたが、裏書にいま来た商人の名前が書かれ、表には、梶浦の名前が認《したた》められていた。

見るからに怪しく、ただの文ではなさそうなたたずまいを醸し出しているのを、左之吉は感じてしまった。

少し、酔っていたことも手伝ったかもしれない。

どこか、この文に釈然としないものを感じたのだ。

それは、どうしてだったか？

魔が差したとしか思えない。

いや違う……。

心のなかに、どこか梶浦に対して、不信感があったのだ。だから、あのとき、もやもやとした疑惑が生まれたに違いない。

梶浦には、よくない評判が立っていたのである。

同僚たちに、梶浦さまには、気をつけたほうがいい、と忠告を何度か受けていた。

藩の目付が、見張っているというのだ。

商人たちと結託して、不正を働き、金を横領しているという噂だった。

文を見つけたとき、その疑問が湧き上がった。

「これには、なにか書かれているのではないか？　もしそうだとしたら、不正の証拠を見つけることになる」

だが、梶浦は左之吉にとっては、仲人である。

妻の美津は、梶浦の遠い親戚筋にあたる。そのため、美津の両親が、梶浦に仲人を頼んだのだった。

その頃は、梶浦に不正の噂などはなかった。それなのに、どうして……？

文を見たら、本当に横領など、しているかどうか判明するのではないか、と左之吉は考えた。

　手が震えた。

　こんなものを読んでしまっていいのかどうか。あとで、後悔することになったらどうする。

　だが、手が勝手に動いていた。

　文を取り、一枚、一枚をめくっていくと、

「これは……」

　なんと、次回の取り引きのときには、いままでより、もっとお礼を差し上げます、というような内容がそこには、書かれていたではないか。

　左之吉は、文を手にしたまま、体が固まってしまった。

　これをどうする？

　本来なら、そのまま持ち出して、すぐ目付にでも渡してしまえばよかったのだ。だが、そうはしなかった。

　仲人ということもあるが、本人の申し開きを聞いてからでもいいのではないか、と思ってしまったのである。

　それが、左之吉の命とりになってしまった。

なぜなら、その文を見せたときは、

「これは……」

しまったという顔をした梶浦だったが、

「いや、これはとんでもないものを拾われてしまったものだ」

そういって、青い顔をしたものの、それも罠だったに違いない。

だいたい、あのようなところに、それだけ重要な文が落ちているわけがないではないか。

最初から左之吉に拾わせるのを目的として、そこに置いていたに違いない。そういえば、あのとき、左之吉がそろそろお暇《いとま》といったとき、

「厠はいらぬか」

と聞いたのは、梶浦だった。

左之吉をあの廊下に誘い出したのは、梶浦だった。あらかじめ計画されていたことだったに違いない。

それにまんまと、左之吉は乗せられてしまったのだ。

文を見た梶浦は、情けなさそうな目を向けて、

「どうだ……これを届けるのはもう少し、待ってくれぬか」

「しかし……」

「そちと私の仲ではないか」

梶浦は、言葉たくみに左之吉の気持ちを自分のほうに向けさせたのである。

仲人の言葉だ、無碍《むげ》にはできない。左之吉は聞くことにした。

「じつは明日、この近江屋に会う約束をしている。そのとき、おぬしも一緒に来てくれぬか……。そのとき、この話をして、今後はやめにする、という話を決めたいのだが。それで、いままでのことをなんとか水に流したい」

「しかし、これまでの不正をそのままにしておくのは……」

まじめな左之吉は、それだけでは本当の決着をつけることにはならぬ、と突っぱねた。

「それはわかる……」

梶浦は涙を流しながら、

「そろそろ、この関係も終わりにしようとしていたのだ。だが、近江屋は一度、うまい汁を吸ってしまった。なかなか私を離そうとせぬ」

「はぁ」

「明日、最後の談判に行く。そちも一緒に。頼む、私だけでは、また丸め込まれてしまう」

「はぁ」

梶浦の言葉に、つい左之吉もその気になってしまった。

「そうしてから、私は、藩にいままでのことを届ける。そうして、罪を償《つぐな》うことにする。どうだ、左之吉。そうしてくれぬか」

「本当にその気になられたのなら」

「もちろんである。嘘などいわぬ。私はそちの、仲人だぞ」

「はい」

その涙に嘘はない、と左之吉は信じてしまったのであった。

果たして、翌日、近江屋に約束の刻限に左之吉は出掛けた。

だが、梶浦はなかなか姿を現さない。

近江屋のほうも、主人ではなく、番頭が出てきて、

「主人から、水町さまには、これをお渡しするように、と頼まれておりました」

そういって、桐の箱を目の前に出されたのである。

「なんです、これは」

「さぁ……私は言いつかっただけですので」

番頭の名は、政兵衛《せいべえ》といった。

実直な男らしくて、背中をぴんと伸ばしながらも、商人の如才なさをしっかりと身につけているような男だった。

左之吉は、なんとなくこの男は信用できそうだ、と箱を開いた瞬間、

「な、な、なんだこれは！」

思わず立ち上がった。

なかには、二十五両の包みがびっしりと詰まっていたのである。

「こ、これは」

政兵衛も、驚いたらしい。

「なにをするのだ。どういうことか、これは……」

「私は、ただ」

ふたりで慌てているところに、襖が開いた。入ってきたのは、藩の目付であった。

「ふたり、結託、不正の現場をしかと見届けた」

目付は左之吉が見た不正の昨夜の文を見せた。

「な、なにを。これはなにかの間違いです」

「梶浦と近江屋三郎兵衛《さぶろべえ》からの訴えで、今日、この刻限、不正がおこなわれる、という訴えがあったのだ。覚悟せよ」

「しかし、これは！」

「問答無用」

政兵衛は、簡単に肩をつかまれ、そのまま捕縛されてしまったが、

「私は捕まらぬ。このような濡れ衣を着せられたままでは、妻にも親戚にも顔向けができん！」

思い切って、目付に体をぶつけ、そこから逃げ出した。そのとき、書付に手を伸ばし、持って逃げようとしたが、半分引きちぎれてしまった。

それだけでもいい。持っていればあとで、なにか役に立つかもしれない。

左之吉は文の片割れを懐に突っ込んで、逃げた。

不思議なことに、誰も追いかけてはこなかった。

「あれも、初めから仕組まれていたに違いない」

逐電《ちくでん》させることで、梶浦は自分への目を左之吉に向けさせようとしたのだろう。なにからなにまですべて計算されていた。

ようやくそれに気がついた……。

左之吉は、このままではいられない、と刀に語りかけるのであった。

刀を鞘に戻すと、かちんと鯉口《こいぐち》にはまる音がした。

だが、計画を遂行するためにも、心配なことがあった。それは、なにもいわずに、逃げ出したため、ひとり残していた、妻のことだった……。

風の噂で、妻は、実家に戻って暮らしているらしい。会いたいとは、思うが、いまは、追っ手を抱える身である。

しかし、追っ手はあまり真剣ではないのが、ありがたい。それは、自分を捕縛することで、事が公になる。

それは、困るのだろう。お家の恥を外に出したくないからだ。だから、追っ手を送り込んだとしても、あまり熱心には探されていない。

それは、左之吉にしてみたら、ありがたいことだった。

逃げ出してから、ひっそりと生きてきた。

盗人として……。

二

どこまでも続きそうな暑さも、いつの間にか消え始めていた。

朝と夜は、かすかに過ごしやすくなったのだ。

江戸の悪党は、体が動きやすくなっただけ、蠢き始めるかもしれない、と弥市は、夜回りに力を入れている。

千太郎はそんな弥市を見て、

「近頃は、よく働くものだ」

と、感心している。

七月も末の片岡屋の昼下がり。

夏には違いないので、昼はじっとしていても、汗は噴き出てくる。千太郎は、片岡屋の庭で、水を浴びていた。

そばで雪こと由布姫が手ぬぐいを持ちながら、終わるのをじっと待っている。

大きな一輪のひまわりが、薄くぼかしに入っている薄い紗《しゃ》の小袖を着て、たすき掛けをしているのは、水を汲んでいるからだった。

普段は、のんびりしている千太郎だが、たまには剣術の稽古をしようと、木刀を振ったのだった。

「どうだ、雪さんも」

上半身、裸になって、訊いた千太郎に、

「まさか、そんなことはできません」

「裸になれといっているのではありませんよ」

「稽古のことですか」

「一緒に、ひと汗どうか、と勧めているのです」

「あのお……」

「はい？」

「以前にも、お願いしたと思いますが」

「はて、なんでしたか」

「その、敬語といいますか、ていねいな言葉使いです」

「なにかいけませんか」

「他人行儀で、なんとなく……」

「ははぁ。まだ他人ですよ」

「…………」

あははは、と千太郎は笑いながら、

「そんなことより、一手どうですか」

「そうですねぇ……」

由布姫もその気になりかけたらしい。千太郎が短い木刀を渡そうとしたそのとき、

「あのぉ……」

縁側に、成吉がやって来て、不審そうな目を千太郎と由布姫に送る。

「どうした。誰か来たのか」

千太郎が問うと、成吉は、ちょっとだけ顔をしかめて、

「そろそろ仕事をしてください」

「おや？」

「目利きをしていただきたい品物が目白押しなのです」

「あぁ、なるほど」

「おふたりで、楽しむのは、そのあとのことにしていただければと思うんですがねぇ」

「ふむ」

成吉は、千太郎の身分を知らない。

もちろん、片岡屋の治右衛門にしても、本当のことを知ってはいないのだが、なんとなく、身分ある人ということは気がついている。

第一、自分のことを忘れてしまった、などという話を信じるわけがない。

治右衛門は、そんなことはどうでもいいと思っているらしい。

千太郎が目利きとして入ってから、業績が上がっているのだから、文句のつけようがないのだ。

それを千太郎も知っているから、好き勝手をやっている。

だが、成吉はそのふたりの関係がどうにも気に入らないらしい。

というよりは、仕事をしっかりしてくれない、といいたいのであろう。

それは、自分も一流の目利きになりたい、という気持ちも含まれていると千太郎は踏んでいる。

「成吉……」

声をかけると、なんです、と不機嫌な答えが戻ってきた。

「なにをそんなに、怒っておるのだ」

「怒ってなどおりません」

「そうか？」

「そうです」

「ならば、その鼻の穴が膨らんでいるのはどうしたことだ」

成吉は、慌てて鼻に手をやりながら、

「……また冗談ですか。そんなに、私をからかって楽しいですか」

「これは、これは。楽しいから、からかっておるのだ」

どんどん成吉の顔は不機嫌になっていく。

「千太郎さん、もうおやめなさい」

由布姫が、助け船を出すと、わははは、と大笑いをしながら、

「成吉、よく聞け。目利きというのは、人の騙《だま》し合いのようなところがある。どれが本物で、どれが贋物か。それを鑑定するのが、目利きだ」

「わかっています」

「では、冗談のひとつやふたつ、うまくいなせるようにならねばならぬ」

「…………」

「だから、わざといまこうして、からかってみた。それをうまくさらりと流せるくらいにならねば、贋物を持ち込まれたときに、騙されるぞ」

「はぁ……」

それまで、成吉をからかっていたときとは、まったく異なり、厳格な目つきになった千太郎の態度に、成吉は、かすかに畏怖の念を抱いているのを、由布姫は感じている。

さすが、千太郎さま……。

心のなかで、千太郎の態度に感動を覚えているのであった。

「わかったか……」

成吉は、はい、とそれまでの不機嫌な顔ではなく、普段のまじめな表情に戻って、

「しかと、わかりました」

と頭を下げてから、

「どうしたら、千太郎さんのように、本物と偽物を見分けることができるようになりますか」

「それはな……」

「はい」

「雪さんのような心底から惚れることができるようなおなごを見つけることだ」

「はい？」

果たして、その言葉は本気かどうか。

成吉は、どう答えていいのか、はぁ、とあいまいな返答だけを残して、その場から離れて行った。

成吉の姿がそこから消えたとたん、

「千太郎さん！」

「はい、なんです」

由布姫の声は尖っているが、顔は柔らかい。

「なんて教え方をするのですか。成吉さんだって、真剣に話を聞きたいと思っていたのに」

「おや、これはしたり」

「なにがです」

「私は、常に本当のことしかいわぬのだがなぁ」

「どういう顔で、そんなことをおっしゃいますか」

「こんな顔だ」

「そのお惚け顔、おやめください」

「おかしいかな」

「いい加減です。適当です。騙《かた》りです」

「これは、いろいろ集めていただいて、ありがたい」

悪びれない千太郎に、由布姫は、呆れ顔をするしかない。

「誰が騙りなんですって？」

庭の外から、声がかかった。その声は、弥市だなと千太郎は、こっちに入ってこないのか、と叫んだ。

外の通りから、弥市がこちらを覗いている姿が見えている。十手で肩をトントンと叩いているのは、なにか面倒が起きたときの仕種だ。

「なにか起きたのか」

「まぁ、そんなようなものでして」

「なにを遠慮している」

由布姫も、こちらに入ってくれれば、と声をかけたのだが、

「いや、これからすぐ行くところがありますから」

ぐずぐずして、入ってこようとしない。

そのくせ、もじもじとしているのは、なにか仙太郎から策をもらいたいと思ってい

るからだろう。

千太郎は、上半身裸から片肌抜きになりながら、腕の汗を拭いていた。

「邪魔しちゃ悪いですからねぇ」

意味あり気な顔をする。

「馬鹿なこというな」

「まぁ、また来ます」

「ちょっと待て。すぐ行く」

千太郎は外していた袖に腕を通して、

「雪さんも行きますか?」

「もちろんですよ。一人で置いて行かれても仕方ありません」

「それはそうだ」

ふたりは、一緒に庭から直接通りに出た。

三

「じつは、どうにも腑に落ちねぇことがありまして」

「江戸には、腑に落ちぬことが多いな」

「特に夏はねぇ……」

千太郎の言葉に由布姫も同調すると、弥市も確かに、夏はおかしな野郎が増えてくるようだ、といった。

「おや、そんな事件でも起きたのかな」

「まぁ、事件には違ぇねぇのですが」

「どうしたのだ」

「どうにも、腑に落ちなくてねぇ。なに、ちょっとしたコソ泥といいますか、盗人というには、お粗末な野郎の話なんです、脅迫状が舞い込んだ店なんですが」

弥市は、話し始める。

数日前から、脅しの文句が書かれた脅迫状が着いていたのだが、けっこう似たようなものが入っていることが多い、とその店の主人は気にしていなかった。

「明日の夕五つ、そちらの大事なものを頂きに上がる」

とだけ書かれていたというのだ。

大事なもの、というのがよくわからない、と脅迫状をもらったときに、首を傾げていたのである。

その店は近江屋といって、浅草の広小路にある。主は太一郎《たいちろう》といい、まだ二十一歳である。

その若さで、店を切り盛りすることになったのは、つい三ヶ月前に、父親の近江屋三郎兵衛がいきなり病死した。

その跡を継いだのである。

まだ、祝言も挙げておらず、ひとり者では、世間の荒波を乗り越えて商売をするのは大変だ、と親戚筋は反対をしたらしいが、太一郎は、それを押し切って、代替わりをしたという話だった。

若いがそれなりに商売の目はありそうだ、という噂であった。

実際、任せてみたら、これがなんと父親譲りなのだろう、的確な商いをすると評判になり、ますます繁盛している、というのである。

それだけに、脅迫状などに負けるわけがない、と、太一郎は、そのままにしていた、というのだ。

それに、こちらの大事なもの、という文言《もんごん》に心当たりがなかったというのも、大きな理由だったらしい。

その日がきた。

だが、店ではなんの警戒もしていなかった。本当に盗賊が入り込むとは思ってもいなかったからだ。

それに、盗人が日時を指定するなど、考えることはできなかったらしい。

だが、盗賊は本当に来たのである。

それも、堂々と正面から入ってきたから、店は大騒ぎになった。

その日、店の者はまだ起きていた。

一日の反省などをしているときだった。

大戸は締まっているはずなのに、ガタガタと音がした。

風でも吹いているのかと思ったのだが、

「今日は、風は出ていません」

という使用人の言葉に、若い近江屋の主人は、誰か訪ねてきたのかもしれない、と表に出てみた。まさか、盗賊とは思わない。

「どちら様でしょう」

「約束の者です」

「はい？」

「今日、大事なものを受け取りに来ました」

「…………」

そのとき、ようやく脅迫状に書かれてあった日付が今日だと思い出した。だが、本当に来るとは、夢にも思ってはいなかった。

だから、半分は外にいる者に対しても、冗談ではないか、と思ったのである。

「あのぉ……それより、どちら様でしょう」

後ろには、住み込みの番頭や手代たちも来ていた。

「旦那さま……開けないほうが」

「すぐに、町方に届けましょう」

番頭たちの言葉に、待て待て、といいながら、

「そちら様のお名前を教えてください」

「左之吉といいます」

「はて、初めて聞く名前ですが」

「そうですか」

なんとなく、惚けた応対に、近江屋は首を傾げながら、

「あのぉ……脅迫状を出したのは、あなた様で？」

「あれは、脅したのではない」

「では、なんです」

「お願いに伺うと書いてあるはずです」

「あぁ、確かにそのように書かれていたと思いますが……しかし、あのような文言では、脅迫状と思われても仕方がないのではありませんか」

「そうかもしれぬなぁ」

その言葉使いに、近江屋はおや？　と不審を覚えた。戸の向こうにいるのは、侍ではないのか。

「あのぉ、お侍さまでございましょうか」

「いや、ただの遊び人だ」

自分から、そのような言い方をする者はあまりいないだろう。一風、変わった男のように感じられた。

太一郎は、どうしたらいいのか考えた。

これは、盗人なのか、それとも訪問客なのか？

普通に考えたら、客のような気がする。

それなら、なかに招き入れてもおかしくはないだろう。だが、脅迫の手紙を送ってきたのは確かなことだ。

それを無視するわけにはいかないのではないか。

心は、乱れた。

どうしたらいいのか。

いずれにしても、盗人としての手紙を送ってきたことには、変わりない。

それなら、ここで、捕縛させたほうがいいのではないか。

捕縛して、ほかの罪もあったとしたら、それだけの意味があることになるだろう。

太一郎はそこまで考えて、潜り戸を開いた。

黒装束でもなんでもない、着流しの男が立っているだけだった。


すぐ手代が自身番に走り、ご用聞きを呼んでもらうことになった。

このあたりを縄張りにしている親分は、弥市といって、近頃名の売れている親分だ。

たしか、山之宿に家があると聞いているが、詳しいことは知らない。

すぐ弥市がすっ飛んで来た。

「ちょうど、このあたりを夜回りしていたところだったぜ」

「それはご苦労さまです」

このあたりで、盗人が暗躍するような話があったのか、と訊いたら、

「あぁ、近頃、コソ泥が出るという話を聞いていたのだ。だから、今日あたりもあぶねぇと思ってなぁ」

応対は、なかなか堂々としていて、さすが、近頃顔になってきた親分らしい。その貫録に太一郎は感心する。

弥市はすぐ、捕まった男の前に立った。

男は、使用人たちが寄ってたかって、縄で柱に縛りつけていたのである。

弥市は、男の顔をじっと見て、なにかいいたそうにしている。どこか、盗人には、そぐわない雰囲気を感じたからだった。

「名前は」

「ない」

「そんなことはあるめぇ。いままで、ずっと生きてきて、みんなに呼ばれた名前だ。親につけてもらった名前だ」

「答えたくないな」

「あんた、元はお侍だね」

「それがなにか関係があるのか？」

すると、さきほど左之吉と名乗っていました、と太一郎が後ろから教える。

「なんだい。答えたくねぇ、などといいながら」

「忘れていたのだ」

態度は、敵対しようという雰囲気ではない、むしろ好意的ではあるが、質問に答えてもらわねば、弥市としても話を進めていけない。

「脅迫状を送りつけたという話だが？」

「あれは、脅しではなく、頂きたいから訪問する、という書状です」

「屁理屈だな」

「だとしても理屈ではないかな？」

「け……なんてぇことをいいやがる」

「言葉使いが悪いと顔つきまで悪くなるから、気をつけたほうがよろしいぞ。汚い言葉は、口の形も崩れるのだ」

「やかましいやい」

あれこれ文句をつける盗人を、弥市は、持て余し始めていた。

「まぁ、今日はそこの自身番に泊《と》まってもらうことになるが、それでいいな」

「いやだといっても、同じことであろう？」

「そらぁそうだ」

相手にするのが面倒になってきた弥市は、盗人の前から離れて、太一郎と話をすることにした。

「あんたが、近江屋の主人かい？」

「はい」

「前のご主人とは、ときどき話をしていたのだがな」

「はい、親分さんの名前はときどき、聞いておりました。不思議な事件を解決させたら、天下一品だ、ということでした」

「……それほどでもねぇさ」

褒められて嬉しくないはずはない。だが、なんとなく弥市はそんな評判を得るのも、こそばゆい。ここまで来れたのは、自分の力というよりは、千太郎の知恵のほうが大きかったからだ。

「ところで、脅迫状を見せてもらいてぇのだが」

「はい、こちらにありますので、どうぞ」

太一郎は、先に歩きだして廊下を進んだ。かどかどに、打ち燭《しょく》が柱に打たれていて、廊下を照らしている。

奥のほうに、筋交いをかけられた部屋が見えて、

「あれは、なんだい」

「あぁ、あれは、あかずの間です」

「あかずの間だって？」

「はい、あそこには、以前から誰も入ってはいけないといわれています」

「それで、あんな筋交いがあるのか」

「はい。以前からしっかり止められていて、誰もなかにどんなものがあるのか、知りません。それに、皆怖くてなかに入ろうともしませんので」

苦笑しながら、こちらへどうぞ、とあかずの間を通り越した。

障子を開いて、入った部屋が太一郎が帳簿の整理などをするところらしい。真ん中に文机が置いてあり、その周囲には、なにやら、書物が積まれている。

「どうぞ、なかへ」

太一郎が、弥市を先に入れさせた。ぷんといい香りが臭ってきて、弥市は不思議な思いになる。

「女の部屋みてぇな匂いがするぜ」

「あぁ、すみません。これは、お香《こう》の匂いです」

「お香？　あぁなるほど」

白粉とはまた異なる香りだ。弥市はそのような風流とは縁がないので、あまり興味は示さずに、

「ところで、その脅迫状は?」

「こちらです」

文机の引き出しを引くと、小さな文が出てきた。

「誰が持ってきたんだい」

「近所の子どもでした。そこで、おじさんに頼まれた、といって。駄賃をあげて、どんな人だったかと訊いたのですが」

「わからねぇのか」

「はい。知らないおじさんだった、というだけで、顔の特徴とか背丈などを訊いたのですが、わからずじまいでした」

「そうかい。まぁ、脅迫状などを出すような輩だ。子どもだとしても、素性がばれそうなことはしねぇだろう」

話を進めながら、弥市は文を開いて読みすすめた。

「なんだか、よくわからねぇ内容だなぁ」

「はい。私どもにある大事なものを頂きにまいるとしか書いていません。それと、日

付と」

「心当たりはねぇのかい」

「まったく……。ですから悪戯だろうと半分は思っていたのですが、まさか本当に今日、やって来るとは」

「だが、確かに盗みに入るとは書いていねぇ」

「まぁ、そうですが」

普通なら、盗賊の脅迫状かと思う、と太一郎は答えた。

「だが、そうだとしたら、どうして俺たちに届けなかったんだい」

「ですから、これは冗談か、悪戯だろうと思っていたことでしたので」

弥市は、太一郎の顔をじっくりと見つめた。

嘘をしゃべっている様子は見えないが、なにかを隠しているのではないか、と疑問が生まれていたのも確かである。

弥市は、一応わかったとは答えておいたが、太一郎の態度に不審なものを感じる。なにがどうというのではない。

はっきりその正体は見えないが、なにか隠していると思えるのだ。話すときに、ときどき瞼をぱちぱちやる。

それは、人が嘘をついているときにやる仕種だ、と弥市は経験的に知っていたからであった。

もっとも、それが癖になっているという場合もあるから、一概になんともいえないのではあるが。

捕まえた男、左之吉は、自分は訪問しただけだ、と言い張っている。

盗人だといわれる謂れはない、と騒いでいるのだが、どうにも弥市は気に入らなかった。

「というわけで、これから捕まえた野郎に話を聞きに行くところなんですがね」

弥市は、千太郎と由布姫に話しかけた。

歩きながら聞いていた千太郎は、ふむ、と例によって、話を把握しているのかどうなのかわからぬ態度である。

千太郎は、ふんふんと聞いているだけで、途中でいつものように茶々を入れなかったのは、なぜだろう、と弥市は不思議に思っていると、

「親分、近頃、コソ泥が多いという話はどうなったのだ?」

「へぇ、まぁそれほど大金を盗まれた者はいませんので、大きな事件としては扱われ

ていません」

「下手人は捕まったのか」

「まだです」

「なにか証拠を残していくようなことは？」

「それが生意気なことに、おかしな置き土産《みやげ》を残して行ってるんです」

「置き土産？」

「へぇ、それがどういうわけか、襖や壁、そんなところに、左という文字の紙を貼って残していきました」

「左という文字を？」

「なんでしょうねぇ。左党だとでもいいてぇのかもしれねぇ、などという仲間もおりますが、そんなことではねぇでしょう」

「なにかの印と思っていいだろうな」

「へぇ、あっしもそう思っているですが」

話を聞いていた由布姫が、それは名前ではないのか、と口を開いた。

「それも考えましたが、まさか、盗人が自分の名前を残していくというのも解せねぇと思いまして」

反対する者も多いというのだった。

だが、文字を残していくには必ずなにかの意味があるはずだ、と弥市は思っていた。

「その考えは間違っておらぬだろうな」

千太郎も賛同する。

「左には、どんな意味があるか、考えてみようか」

「お願いします。あっしにはさっぱり意味がわからねぇ」

「昨日、捕まった男は関係ないのですか？」

由布姫の疑問はもっともだが、

「どうなんですかねぇ。野郎は盗人ではねぇと言い張っていますから」

「そんな人の言うことなど信用できませんよ」

「まぁ、確かにそうです。まずは、その野郎に会ってみてからでも遅くはありませんん」

左の話は、そのあとからでもいい、と弥市はいった。

「それにしても親分さん」

「はい？」

「近頃はいい顔になっているそうですねぇ」

由布姫が、にやにや笑っている。

「雪さん、そんなことをいわねぇでくださいよ」

「でも、それだけ人気があるのだから、いい話ではありませんか」

「まぁ、ねぇ」

まんざらでもないのだが、いつも助けてくれる千太郎が目の前にいるのだ、手放しで喜ぶわけにはいかない。

「まぁ、千太郎さんのおかげですから」

一応は、へりくだった。額や、首の汗がこれまで以上に噴き出している。

「そんなことより……」

弥市は話を変えた。

「おふたりさんの仲はどうなっているんです？」

思わぬ反撃を受けて、由布姫は苦笑する。

「あら、なにを言い出すかと思ったら」

「周りから見ていると、いらいらするんですがねぇ」

とっとと祝言でも挙げてしまえ、とでもいいたそうである。

「そんなことをいわれても、こればかりは、自分たちだけではどうにもなりません」

「おや、誰か周りで反対しているんですかい？」

「いや、そういうことではなくて」

「ではいいじゃねぇですかい」

本気でふたりの仲を心配しているのだろう、弥市の目は真剣だった。

本来なら、とっくにふたりは祝言を挙げているはずである。だが、それを嫌って、外に出たのだが……。

「いま、その話はやめておきましょう」

やんわりと由布姫は、話を終わらせた。

千太郎は、まったく意に介さずという顔で、ふたりの会話には、入ってこない。それを見ると、由布姫は、腹が立つ。

「千太郎さん」

「ほい、なんだね」

「あぁ、その顔。その声、その仕種。まったく腹が立ちます」

「おや、これはしたり」

「もういいです。なにか文句をいってやろうと思いましたが、やめました」

「それは、重畳」

まったく暖簾に腕押しである。

「そんなことより、親分」

「へぇ」

「じつは市之丞がな」

「はい？　あの市さんがどうかしたんですかい？」

「ふむ……まぁ、いま話をすることではないか」

「そこまでいって、なんです？」

「いや、そのうち機会がきたときにしよう」

すたすたと足を速めたが、ふと立ち止まると、

「どこに行けばよいのだ？」

四

盗人なのか、ただの訪問客なのか、よくわからぬ男は、柱に繋がれて居眠りをしていた。

「度胸のあるやろうだぜ」

弥市が、薄ら笑いをしながら、十手を取り出して、肩をとんとんと叩いた。

「起きろ。寝る頃合じゃねぇぞ」

「……うぅん」

薄目を開いて、男は顔を弥市に向け、それから、千太郎を見つけ、由布姫が横に立っている姿を見て、驚き顔をする。

「あらぁ？」

「なんだい、そのあらぁ、というのは。もっとましな返答の仕方はねぇのかい」

「いや、いろんな人の顔が見えたんでねぇ。なにごとかと思いまして」

「おめぇさん、お侍だね」

「……そんなことはどうでもよろしい。そちらのかたたちは、どなたですかねぇ。おねぇさんは、なかなかのものですよ。あっしの好みだ」

「ふざけるな」

十手で、どんと肩を叩いた。痛いはずなのに、男は眉一つ動かさない。

「やっぱり、あんたは元侍だ。これで痛みを感じねぇわけがねぇからな」

「どうして私はこんなことになっているのだ」

「おめぇがあんな脅迫状を渡したからじゃねぇかい。あのなかに書かれていた、大事なものとはなんだ」

「さぁなぁ。それはあの人たちに聞いてみたらどうです？　私からいうより、そちらのほうが、はっきりしますよ」

「面倒くせぇことをいいやがると、痛ぇ目にあいますぜ。元はお侍さんかもしれねぇが、どうやら、無宿者らしい」

そのとき、千太郎が前に出て、しゃがんだ。顔をぐいと突き出して、

「私を知っておるか」

いつもとは、異なり、どこか威厳のある声だった。

男は、ぎょっとした目つきになってから、

「はてねぇ。そんなぼんやりした顔に知り合いはいねぇと思うが。なんですかい、そちらさんは、あっしのことを知っているとでも？」

「いや、知らぬ。知らぬが、左、だな？」

「はい？」

「お前が左の正体であろう」

目を細めて、男は、背筋を伸ばして、

「なんだい、それは」

「やはり、そうか……そうだと思ったのだが、会って見るまで、確信はなかったのでな。その顔を見て、はっきりした」

「………」

ふん、と鼻を鳴らして男は横を向いてしまった。

「旦那……こいつが、あの左の正体なんですかい？」

「そうだ」

「謎解きしてください」

「……勘だ」

「はぁ？　またですかい。そんなことで、みんなを納得させることはできませんよ。なんとかしてくれねぇかなぁ」

「では、本人に訊くのが一番だ」

千太郎は、また男の前にしゃがんで、

「お前の名は？」

「ふん……そんなことで、騙されると思うのかい」

「いいのか、そんな返答をすると、ますます地獄に落ちるぞ。私がなんとかしてやるから、答えろ」

「…………」

男は、顔を横に向けたまま、千太郎を見ようとはしない。その前に、顔を出そうとすると、また避ける。

弥市が見ていると、どうもこの男は、千太郎にびくついているところがあるように思えた。

と、次には由布姫がそばに行って、

「私にも本当のことをいいなさい」

まるで家来にでもいうような態度である。厳しさだけではない、どこかに優しさを残したそのいいかたに、男は、膝をぴくりと動かした。

弥市は、なんだこのふたりは、と心のなかで叫んでいるが、男の顔に変化が生まれたことは否《いな》めない。

「どうだ……」

男が向けた前にしゃがんで、千太郎が睨んでいると、

「あぁ、いいだろう。俺がその盗賊だ」

「おめぇ、あの、左、だと？」

「本人が答えているのだから、それでいいではないか。私の名前は左之吉。その左と

書いて貼っていたのだ」

「本当かい、あまりにもあっさり答えたじゃねぇか」

「どこに盗みに入っても、十両は盗んでおらぬぞ」

十両盗んだら、死刑である。

「そんなことは訊いていねぇよ」

「おめぇが、左だという証《あかし》が知りてぇだけだ。どうだい、なにかあるかい」

「では、私の塒に行ってみろ。そこに、左と書いた文がごろごろと転がっている。それが証だ」

「おかしな野郎だな、おめぇさんは」

こんなに簡単に白状してしまっては、弥市としても気が抜けてしまう。しかし、自信満々に答えるところを見ると、本当にあの盗人なのかもしれねぇ、と弥市は、もう一度、男の顔を見つめた。

歳は、三十前だろう。顔は浅黒く、精悍な雰囲気を持っている。体つきも肩が盛り上がり、首も太い。

そのあたりで、遊んでいるただの遊び人ではなさそうだ。これなら、塀を乗り越えたり、庭先から縁側を乗り越えるのは、難しくはなさそうである。

それでも、千太郎の顔を見て、なにかを思い出したような仕種をした男に、弥市は不審を感じる。

「おめぇさん、この旦那と雪さんを知ってるのかい」

「……雪さん？」

目を細めて、雪こと由布姫を見つめた。そこには、やはり畏怖の念のようなものが含まれているように見える。

「やっぱり、このふたりを知っているようだな」

「そんなことはない。どうして、そのように思うのだ。私はただの盗人だ、こんな立派な人たちの知り合いではないぞ」

「ふん、その侍言葉になったり、町人言葉になったりするのが怪しいぜ。なにか隠しているな？」


弥市の見立ては鋭かった。

その男……左之吉は、千太郎の顔を見て驚いていたのだ。

——このかたは？

どこかで、見た顔だと思った。

しばらく記憶をたどっていく間に、思い出したのだ。稲月藩、三万五千石の若殿ではないか！

一度、お城で顔を遠くから見たことがある。あれは、なんのときであったか。新年の挨拶に、主君について千代田のお城にあがる前、下馬所で主君を待っているときに、乗物から降りたのが、この若様だったはずだ。

伺候《しこう》していた左之吉と目が合った。

その目には力があり、慈しみの光があった。だから、しっかり覚えているのである。

この若君は、たしか田安家に連なる姫と祝言を挙げるのではなかったか？

だが、その噂が経ってから、一年近く過ぎたというのに、祝言を挙げたという話は聞いていない。

ふたりの間に揉め事でも起きたのか、と思っていたのだが、両家からは、祝言の用意は滞りなく進められている、という話が入っている。

破談になったわけではないのである。

そこまで考えて、

——この娘さんは……？

まさか、由布姫さま！

そう気がついたときには、心の臓が凍りそうになった。

ひまわりのぼかしが入った、一見、町娘のような小袖を着ているのでまさか、と思ったが立ち居振る舞いは、姫そのものである。

ふたりを前にして、だんまりを通し続けることはできなかった。それほど、ふたりの佇まいには、威厳が感じられたのであった。

五

なぜ、左之吉が、盗人の真似事などを始めたのか。

真実を話していいものかどうか？

左之吉は、自問自答していた。

目をつぶって、心のなかを読まれないようにした。そうしないと、千太郎君の瞳に負けてしまいそうになったからだ。

「せめて名乗る気はないか」

千太郎君の小さな声が響いた。

由布姫も、後ろで気にしている。

「左之吉！」

そこにいる者たちが、体をずり下げるほど大きな声が千太郎の口から出た。

「生まれは？　元はどこのご家中だ」

「そんなことは答えられぬ」

お家の恥だといいたそうだった。

「そうだろうなぁ」

弥市もそれ以上は追求しない。侍にそのようなことをいわせようとしても無理だと知っている。

「では、盗人だと決めていいのだな」

「まずは、我が家を探るのがよろしいと思うのだが、どうだ。そうすると、いろいろと出てくるといっておいてやる」

「なにぃ？」

目を向いて弥市は、余計なことをいうな、と叫んだ。

「まぁまぁ、親分、塒を探ってみるのも、いいのではないか」

千太郎が、怒り狂っている弥市の背中をとんとんと叩いた。

それで落ち着きを取り戻した、弥市は、

「はて、どうしてです？　本人が自分が盗賊の左だと白状したのですから、それでいいと思いますがねぇ」

「まぁ、念には念を入れて」

「そうですかい」

半分は、納得していないのだろうが、弥市は、それでも、左之吉に訊いた。

「塒はどこだい」

「田原町《たわらまち》の二丁目。瓦版長屋《かわらばん》だ」

「瓦版長屋？　あぁ、あの瓦版屋が集まっているという長屋かい」

「よくご存知で」

左之吉が笑っている姿を見て、弥市は、ちっと舌打ちをする。

「縄張り内だからな。だいたいのことは知っているぜ」

「なるほど」

悪びれない態度に、弥市はいらいらするのだが、

「旦那……この野郎と知り合いですかい？」

「まさか。どうしてそのようなことを？」

「さっき、旦那がなにやら囁いたら、いきなり神妙になりましたからねぇ。それに、

雪さんの顔を見たときも、なにやら不思議そうな目つきだった……」

「親分の考えすぎであろう」

「そうですかねぇ」

「そんなことより、その長屋に」

「へぇ、ではすぐ」


千太郎と弥市、そして由布姫の三人は、田原町に向かった。

昼から夕刻になる間である。

真昼の暑さから少しは解放されたのか、あるいは、秋の気配が忍び込んできたせいか、それほど汗はかかずに済んだ。

真昼の間は舌を垂らして、はぁはぁと口を開いていた犬たちも、それほど、苦しそうな顔はしていない。

瓦版長屋は、その名のとおり、住人の半分以上が、瓦版に関わる仕事をしていることで知られている。

左之吉がこの長屋を選んだのは、おそらく、いろんな裏話を手に入れることができるためだろう、と思われた。

左之吉の住まいはすぐわかった。

部屋に入ると、ほとんど家具などはなく、蒲団と、衣桁《いこう》があるだけで、そこに着物が数枚かけられているだけの、見るからに質素な暮らしぶりだった。

盗人といっても、コソ泥ですからねぇ、と弥市は、それほど大きな盗みを働いてはいなかったのだろう、と部屋の様子を見ながら、納得したが、

「いや、それだけではあるまい」

千太郎は、すぐ逃げ出すつもりだった、あるいは、捕まってもいいようにものを残さないようにしていたのではないか、という。

「ということは、捕まるのを覚悟していた、ということですかい？」

「捕まることで、なにかを表にあぶり出そうとしていたような気がするな」

「といいますと？」

「いや、中身まではわからぬが」

由布姫も、その言葉に賛同した。

「あれは、覚悟の上の捕縛ですよ。でなければ、あんな馬鹿な行動は取りません」

そうですかねぇ、と弥市はなかなか得心できなさそうだったが、

「まぁ、いずれにしても、左之吉が、塒を調べろといったのだから……そうだ、あの

行李のなかを見てみよう」

へぇ、と返事をした弥市が、行李を開くと、なかから、反故紙《ほごし》が出てきて、

「おう、これは、左ばかり書いている」

あの者が、盗人だったという証になる、と弥市は頷きながらも、

「なにか、おかしな気持ちがしますねぇ。自分から、盗みをしています、と白状する野郎なんざ、あまり見たことはありませんや」

「捕まることが目的だったのではないか」

千太郎がいうと、由布姫も頷いた。

とにかく、あの左之吉は自分で、左を書いて逃げる盗人だと白状したし、その証拠も出てきたのだ。

弥市は、一応、満足の顔を見せながら、そこから離れようとして、

「あれ？　まだ、なにか書かれたものがあります……」

一番底に二枚の書付があった。一枚は、なにやら、地図と名前が書かれている。名前は梶浦、とあった。

もう一枚は、おかしな書付であった……。

「半分、引きちぎれていますが」

弥市が千太郎に手渡しをする。

「ほう……」

目で追いながら、文字を読んでいたが、

「これは、なにやら不正の内容のように思える。肝心な誰が交わしたのか、そこまで書かれた部位がちぎれているので、わからぬが……」

「どうして、こんなものを持っていたんでしょう？　どこかで盗んで、脅しに使おうとでも考えていましたかねぇ」

「それも考えられるが……」

千太郎は、それを懐に入れて、

「まずは、ここから出よう」

それからな、と千太郎は弥市に、一枚の書付に書かれていた、地図と名前を見せて、ここに誰が住んでいるのか調べてくれ、と伝えた。

「これがなにか？」

「鬼が出るか蛇《じゃ》が出るか、それはわからぬが、なにかとんでもない話が隠れているような気がするのだ」

「合点です。徳之助にも手伝ってもらいましょう」

「頼んだぞ」

家から外に出ると、弥市は田原町の通りをすっ飛んでいった。

六

それから三日後――。

いま、千太郎は、梶浦儀三郎と浅茅《あさじ》が原《はら》で対峙《たいじ》していた。

左之吉が残していた書付に書かれていたのは、梶浦儀三郎の名と、住まいの地図だったことが、弥市と徳之助の調べで判明していたのである。

その書付を左之吉に見せて、千太郎と由布姫のふたりが、悪いことはいわぬ、助けるから真実を述べよ、と迫ったのであった。

左之吉は、ふたりの素性に気がついていた。そのために、会話はすんなりと進んだのである。小藩ではあるが、そこの勘定方を勤め、そこで、罠に陥ったということを告白した。

梶浦は、代替わりをしたあと、浅茅が原の近くに庵《いおり》のような家を建てて、そこで、暮らしていた。

それを調べあげたのだが、左之吉が梶浦を斬ったところで、自分の濡れ衣はなにも消えない。

近江屋はいまでも息子が商売を問題なく進めている。

そこで、自分はまだ、あの罠にかけられたときのことを忘れていない、という事実を相手に知らしめてから、復讐をしようと策を練ったのである。

まさか、千太郎たちが出てくるとは、夢にも思っていなかった左之吉ではあるが、それが、有利に働いたことは確かだろう。

ふたりが動いたことで、自分の境遇を訴えることができたのである。

左之吉に、梶浦を斬らせるわけにはいかない。

千太郎は、自分でこらしめてやるから、安心しろ、と左之吉に告げ、梶浦を誘い出したのだった。

梶浦は、千太郎が何者か知らずに、呼び出しに引っかかった。

だが、後ろにいる左之吉の顔を見つけると、

「こういうことか……いつか来るとは思っていたのだが、案外遅かったな」

「よくもおめおめと！」

でっぷり太っているのは、時が過ぎているからだろうか、と左之吉は、風に袴をな

びかせている梶浦を見ながら叫んだ。

いまにも襲いかかろうとする左之吉を抑えながら、弥市は、千太郎と梶浦が刀を抜く姿を見ている。

「左之吉さん……千太郎さんが仇は討ってくれるはずだ」

「………」

よほど、悔しいのだろう、左之吉は、唇から血を流すほど、嚙み締めている。

風がさっきより激しく吹き始めた。

足元の草が揺れ始める。

周囲の木々の葉音が大きくなり、どことなく、暗雲も立ち込めてきたようである。

浅茅が原という、草木以外ほとんどなにもない場所というところも、これから起きる舞台を重くさせているようであった。

千太郎が青眼に構えるのを見て、梶浦が呟いた。

「ほう……」

意外そうな目をしている。

千太郎の腕に驚いているらしい。それでも、目を細めて、

「やめておけ……」

こんな無駄なことをどうしてやるのか、という顔つきだった。さらに、

「おぬし……」

どこかで、会ったかなと考えているようであった。

よけいなことを思い出させる前に決着をつけたかった千太郎は、すぐさま打ちかかった。

斬り捨てるつもりはない。梶浦もいまは、隠居の身である。

「おぬし、本当に何者だ」

「私か、ただの目利きだよ」

千太郎の返答は、刀を抜こうが、いつもとまったく変わらない。

そんな悠然とした態度が気になるのだろう、

「おぬし……ただの目利きには見えぬが」

梶浦は、首を傾げ続けている。どこかで会ったような気もするし、ただの、浪人とも何者とも思えないという顔つきだった。

「それでもよい」

「どこぞで会ったかな？」

「そこまで！」

青眼から、下段に構え直して、そのまますすすっと前進していくと、梶浦はその間《ま》を測りながら、後退していった。

そのとき、梶浦の足が、小石にでも当たったか、かすかに体が傾いた。

「そこだ！」

すかさず千太郎の剣先は、あっという間に、梶浦の脛を横薙《なぎ》に払っていたのである。

「う……その腕前は」

「余計なことをいうでない」

「さては」

「黙れ。梶浦儀三郎。いまは、引退をしているから、許すが、そのままにしておくわけにはいかぬ」

「………」

「まずは、元主君のところへ届けることになるが、よいな」

「………」

足に傷を受けて、梶浦は動けずにいる。それに、文句をいえる立場ではないことも承知しているのだ。

弥市に、ふたりの会話は聞こえてこないが、なにやら、梶浦が恐れ入っていることだけは、わかった。

千太郎が、大きな声でいった。

「これが本当に脛の傷持ちだな」

わっはっは、と大笑いをすると、

「さて、次に行こうか」

弥市たちに告げた。

「え？　これでおしまいではないのですか」

「もっと、大事なことがある」

「はて、それはなんです？」

それには、答えず、千太郎は左之吉に向かって、

「行くか」

と訊いた。

左之吉は驚きながら、

「目的は果たしましたが」

「ふふ……まぁ、黙ってついて来い」

千太郎は、にやりと笑って、

「親分、雪さんも一緒に」

そういって、すたすたと例によって、先に歩きだしたのである。

七

着いたのは、近江屋だった。

「太一郎になにか用事があるんですかい？」

弥市が訊いた。

どうしてこんなところにまた来たのか、という顔つきである。だが、千太郎は、店のなかにどんどん入っていく。

「太一郎はどこだ」

店のなかに入って、止めようとする使用人にきつい顔で訊いた。

「あ……はい、ちょっとお待ちください」

「よい、あの部屋だな」

慌てる手代をあとにして、どんどん廊下を進んでいくと、弥市が最初に文を見せてもらった部屋が開いて、

「おや、千太郎さま、いかがいたしました」

にこにことといつものように機嫌のよさそうな顔をして、太一郎が迎えに出てきた。

「どこにいる」

「え？　誰がです？」

「誰がと訊くところを見ると、やはり、覚えがありそうだ」

「はて、なんのことでしょう」

怪訝な顔で太一郎は、廊下をどんどん進んでいく千太郎を追いかけた。

「あかずの間は、どこだったかな」

「そちらにはどうぞ、行かずに。そこは、どうにもおかしなことが起きて、私どもには、不吉な部屋なので、そのままにしてあるのですから、お願いいたします」

よほどその部屋を開けると、とんでもないことが起きるという、言い伝えがあるのか、太一郎は、やめてくれと必死に千太郎を止めようとする。

だが、千太郎はそんな声は聞かずに、さらに進んで、

「ここだな」

外から見ると、筋交いがかけられて、どうやっても開かないように見えた。

「これは開かぬのか」

「はい、引いても開かないようにしてあります」

「そうか」

ふっと笑みを浮かべながら、

「では、親分、ちと来てくれ」

「はい……」

弥市が千太郎のとなりに立って、

「どうしますか？」

「親分、これを開けてみてくれ」

「しかし」

いいから、やれという千太郎の言葉に、頷いて、右に移動させたり、左に移動させたりするが、

「開きませんや」

力を入れたせいか、汗をかいている。

「太一郎、お前は歳はいくつだ」

「……二十一歳です」

「そのわりには、商いがうまいと評判のようだな」

「……はい。お陰様で」

「ふむ……父親から商売のことを子どもの頃から学んでいたのだな」

「そうでございます」

「しかし……親分」

「はい？」

弥市が、怪訝な目で応じた。

「ここの父親は、どうしたのだ？」

「今年、三ヶ月前に亡くなっておりますが」

「それは、病気か」

「そう聞いていますが？」

なんのために父親の話など持ち出したのか、と弥市は、怪訝な顔のままでいると、途中から、由布姫が、あぁと大きな声を出した。

千太郎がなにをしようとしているのか、気がついたらしい。ふたりは目で合図を交わし合うが、弥市には、まったくわからない。

「では、親分。その父親は、前から病気だったと？」

「いえ、突然のことだと聞いてますが」

「そうであろう。突然なのだ」

「誰かに殺されたとでも？」

不審な目で弥市は、太一郎を見つめる。

「違う、そうではない」

千太郎が答えた。

「その答えは、このあかずの間にある」

今度は、千太郎が戸に手をかけると、

「あ！」

その場にいたみんなが驚きの声をあげた。なんと、がちゃんという音がして、戸は、前に開いたではないか。

「どうだ」

筋交いは、関係なかった。

戸の表にかかっているだけで、それはいわば、まやかしだったのだ。

「このなかに誰がいるか……ふふ。どうだ、左之吉、気がついたか」

問われた左之吉の顔は青ざめている。だが、もっと太一郎の顔は、蒼白になっていた。

弥市だけが、意味がわからないという目つきをしていた。

「やめてください！」

大きな声を出したのは、太一郎だった。顔面真白になり、いまにも倒れそうになっている。

だが、千太郎はそんな太一郎の制止を無視して、部屋のなかに足を踏み入れた。真新しい畳の匂いがした。

「出てこい！　隠れているのは、明白だぞ！」

その場が、しんと静まり返った。

しばらくして、部屋の奥から誰かが出てくる足音が聞こえてきた。

「よく気がつきましたなぁ」

その顔を見て、左之吉は、歯ぎしりをする。

「近江屋三郎兵衛……」

「左之吉さんですか……あなたが、左とかいて、あちこちでコソ泥を始めたので、こんなことをしなければいけなくなったではありませんか」

「なに？　人を罠にかけておいて、盗人猛々《たけだけ》しいとは、お前のことだ」

「いえいえ、この世の中、騙されるほうがまぬけなのですよ」

「この野郎！」

弥市が十手を振りかざして、飛び込んだ。

「おっと……。そんなことをされても、困りますなぁ」

眉をひそめながら、千太郎を見つめる。

「どちらさまかわかりませんが、よけいなことをしてくれたものです」

じっと千太郎に目を向けて、

「あなた様は誰です」

「誰でもない。ただの目利きだ。ただし、世の中の悪の目利きだがな」

ふふっと笑いながら、

「親分、捕縛を」

弥市が、捕縄を取り出すと、

「ちょっと、待ってください。私がなにをしたというのです。罠にかけたといっても、いまではもう昔の話。それが罪になるとは、思いませんが」

「梶浦は、お家の目付に渡した。今度はお前の番だ。どうせ、叩けば埃が出る体だろう。昔のことなどはどうでもよい、いまの商売の裏を調べるだけでも、捕縛するだけの理由はあるはずだ」

「そんなあこぎな」

「面白いことをいうものだ」

千太郎は、大きく口を開いて笑うと、

「弥市親分、しっかり調べたらいい。梶浦とあのような裏取引をしていた三郎兵衛だ。ほかにも悪事へ加担しているに違いない。なにか問題が見つかるであろうよ」

「へぇ……しっかり調べてみましょう」

にやりと、弥市は頷いた。

「さて、左之吉」

「はい……」

「これでいいかな」

左之吉は、驚きながら、涙を流している。喜びを体に現していいのかどうか、迷っているようでもあった。

「まさか、というような驚きの終わりかたでした。もうなにもいうことはありません」

「そうか、それならよい」

例によって、千太郎の大きな笑い声が、あかずの間に響き渡った。

数日後、例によって、片岡屋の離れに弥市が、事件の報告に来ていた。

「あの梶浦という侍は、どうなったのか、よくは知りませんが、三郎兵衛が白状したところによりますと、自分たちへの目が厳しくなってきたので、誰かに罪をなすりつけよう、としたそうです」

「ひどいことを」

由布姫が、眉をひそめる。

「それで、あの左之吉が罠をかけられた、ということですね」

「へぇ。まぁ、そのあたりは、お侍さまのことも関わるので、なんともどう解決するのか、そこまではわかりませんが、あの近江屋は、また裏で、仕入れの横流しをしていることが判明しました」

「それで、あれほど、大きな商いをすることができるようになっていたのか」

「へぇ、まぁ、父親がそんなことをしていたとは、息子のほうは知らなかったようですが」

「それは、可哀想だが、仕方あるまい」

「まぁ、店は取りつぶしにならず、誰か、親戚のものが継ぐという話で落ち着きそうです」

「それは重畳」

「しかし、よくあの三郎兵衛が生きているとわかりましたねぇ」

「なに、あの若さで、それだけの商いができるかどうか、考えたまで。後ろに誰かいるのではないか、と推量した上での結論だ」

「なるほど、さすが千太郎の旦那です」

「おだてるな」

「本気ですよ」

「では、飯でも……また、同じことをいうてしまったかな」

由布姫は、笑いながら、

「今日は、秋らしき天候になってきましたからね。物見遊山に出かけるのもよいのではありませんか?」

そういって、弥市の顔を見ると、

「はいはい、わかりました。邪魔者は、消えますすよ」

そういって、そそくさと部屋から出ていった。

そこに、成吉が顔を出し、

「あのぉ……」

「なんだ、また、目利きの件か」

「まったく本物なのか、贋物なのか、読めない絵が持ち込まれたのですが、いかがいたしましょう」

「あとにせい」

「はぁ……あととは、いつのあとです？」

「もういいから、あとにしろ」

肩を落として、成吉は戻っていく。その姿を見ながら、由布姫は、可哀想にねぇ、といいながらも、

「では、千太郎さま」

「あい、雪さま」

ふたりの、笑い合う声が、いわし雲が出始めた空に響き渡っていく。

時代小説
二見時代小説文庫

お化《ば》け指南《しなん》 夜逃《よに》げ若殿《わかとの》 捕物噺《とりものばなし》8

著者 聖《ひじり》 龍人《りゅうと》

発行所 株式会社 二見書房
東京都千代田区三崎町二―一八―一一
電話 〇三―三五一五―二三一一［営業］
〇三―三五一五―二三一三［編集］
振替 〇〇一七〇―四―二六三九

印刷 株式会社 堀内印刷所
製本 ナショナル製本協同組合

 ISBN978―4―576―13090―3
http://www.futami.co.jp/

夜逃げ若殿 捕物噺 夢千両すご腕始末
聖 龍人［著］
御三卿ゆかりの姫との祝言を前に、江戸下屋敷から逃げ出した稲月千太郎。黒縮緬の羽織に朱鞘の大小、骨董目利きの才と剣の腕で江戸の難事件解決に挑む！

夢の手ほどき 夜逃げ若殿 捕物噺2
聖 龍人［著］
稲月三万五千石の千太郎君、故あって江戸下屋敷を出奔。骨董商・片岡屋に居候して山之宿の弥市親分とともに謎解きの才と秘剣で大活躍！ 大好評シリーズ第2弾

姫さま同心 夜逃げ若殿 捕物噺3
聖 龍人［著］
若殿の許婚・由布姫は邸を抜け出て悪人退治。稲月三万五千石の千太郎君との祝言までの日々を楽しむべく由布姫は江戸の町に出たが事件に巻き込まれた！

妖《あや》かし始末 夜逃げ若殿 捕物噺4
聖 龍人［著］
じゃじゃ馬姫と夜逃げ若殿。許婚どうしが身分を隠してお互いの正体を知らぬまま奇想天外な妖かし事件の謎解きに挑み、意気投合しているうちに…第4弾！

姫は看板娘 夜逃げ若殿 捕物噺5
聖 龍人［著］
じゃじゃ馬姫と名高い由布姫は、お忍びで江戸の町に出て会った高貴な佇まいの侍・千太郎に一目惚れ。探索に協力してなんと水茶屋の茶屋娘に！ シリーズ第5弾

贋若殿の怪 夜逃げ若殿 捕物噺6
聖 龍人［著］
江戸にてお忍び中の三万五千石の若殿・千太郎君の前に現れた、その名を騙る贋者。不敵な贋者の、真の狙いとは⁉ 許婚の由布姫は果たして…。大人気シリーズ第6弾

花瓶の仇討ち 夜逃げ若殿 捕物噺7
聖 龍人［著］
骨董目利きの才と剣の腕で、弥市親分の捕物を助けて江戸の難事件を解決している千太郎。許婚の由布姫も、事件の謎解きに健気に大胆に協力する！ シリーズ第7弾

公家武者 松平信平《のぶひら》 狐のちょうちん

佐々木裕一［著］

後に一万石の大名になった実在の人物・鷹司松平信平。紀州藩主の姫と婚礼したが貧乏旗本ゆえ共に暮せない。町に出ては秘剣で悪党退治。異色旗本の痛快な青春

姫のため息 公家武者 松平信平2

佐々木裕一［著］

江戸は今、二年前の由比正雪の乱の残党狩りで騒然。背後に紀州藩主頼宣追い落としの策謀が……。まだ見ぬ妻と、舅を護るべく公家武者の秘剣が唸る。

四谷の弁慶 公家武者 松平信平3

佐々木裕一［著］

千石取りになるまでは信平は妻の松姫とは共に暮せない。今はまだ百石取り。そんな折、四谷で旗本ばかりを狙い刀狩をする大男の噂が舞い込んできて……。

暴れ公卿 公家武者 松平信平4

佐々木裕一［著］

前の京都所司代・板倉周防守が黒い狩衣姿の刺客に斬られた。狩衣を着た凄腕の剣客ということで、疑惑の目が向けられた信平に、老中から密命が下った！

千石の夢 公家武者 松平信平5

佐々木裕一［著］

あと三百石で千石旗本。信平は将軍家光の正室である姉の頼みで、父鷹司信房の見舞いに京の都へ……。松姫への想いを胸に上洛する信平を待ち受ける危機とは？

妖《あや》し火 公家武者 松平信平6

佐々木裕一［著］

江戸を焼き尽くした明暦の大火。千四百石となっていた信平も屋敷を消失。松姫の安否を憂いつつも、焼跡に蠢く悪党らの企みに、公家武者の魂と剣が舞う！

はぐれ同心 闇裁き 龍之助江戸草紙

喜安幸夫［著］

時の老中のおとし胤が北町奉行所の同心になった。女壺振りと島帰りを手下に型破りな手法と豪剣で、悪を裁く！ワルも一目置く人情同心が巨悪に挑む新シリーズ

隠れ刃 はぐれ同心 闇裁き2

喜安幸夫［著］

町人には許されぬ仇討ちに人情同心の龍之助が助っ人。敵の武士は松平定信の家臣、尋常の勝負はできない。〝闇の仇討ち〟の秘策とは？大好評シリーズ第2弾

因果の棺桶 はぐれ同心 闇裁き3

喜安幸夫［著］

死期の近い老母が打った一世一代の大芝居が思わぬ魔手を引き寄せた。天下の松平を向こうにまわし龍之助の剣と知略が冴える！大好評シリーズ第3弾

老中の迷走 はぐれ同心 闇裁き4

喜安幸夫［著］

百姓代の命がけの直訴を闇に葬ろうとする松平定信の黒い罠！龍之助が策した手助けの成否は？これぞ町方の心意気、天下の老中を相手に弱きを助けて大活躍！

斬り込み はぐれ同心 闇裁き5

喜安幸夫［著］

時の老中の家臣が水茶屋の妓に入れ揚げ、散財しているという。極秘に妓を〝始末〟するべく、老中一派は龍之助に探索を依頼する。武士の情けから龍之助がとった手段とは？

槍突き無宿 はぐれ同心 闇裁き6

喜安幸夫［著］

江戸の町では、槍突きと辻斬り事件が頻発していた。奇妙なことに物盗りの仕業ではない。町衆の合力を得て、謎を追う同心・鬼頭龍之助が知った哀しい真実！

二見時代小説文庫

口封じ　はぐれ同心 闇裁き7
喜安幸夫［著］

大名や旗本までを巻き込む巨大な抜荷事件の探索を続ける同心・鬼頭龍之助は、自らの〝正体〟に迫り来る影の存在に気づくが……大人気シリーズ第7弾

強請《ゆすり》の代償　はぐれ同心 闇裁き8
喜安幸夫［著］

悪徳牢屋同心による卑劣きわまる強請事件。被害者かと思われた商家の妾には哀しくもしたたかな女の計算が。悪いのは女、それとも男？　同心鬼頭龍之助の裁きは!?

追われ者　はぐれ同心 闇裁き9
喜安幸夫［著］

夜鷹が一刀で斬殺され、次は若い酌婦が犠牲に。犯人の真の標的とは？　龍之助はその手口から、七年前に起きたある事件に解決の糸口を見出すが……第9弾

さむらい博徒　はぐれ同心 闇裁き10
喜安幸夫［著］

老中・松平定信の下知で奉行所が禁制の賭博取締りをかけるが、逃げられてばかり。松平家に内通者が？　おりしも上がった土左衛門は、松平家の横目付だった！

陰《かげ》聞《き》き屋 十兵衛
沖田正午［著］

江戸に出た忍《しのび》四人衆、人の悩みや苦しみを陰で聞いて助けます。亡き藩主の無念を晴らすため萬ず揉め事相談を始めた十兵衛たちの初仕事の首尾やいかに!?　新シリーズ

刺客 請け負います　陰聞き屋 十兵衛2
沖田正午［著］

藩主の仇の動きを探るうち、敵の懐に入ることになった陰聞き屋の仲間たち。今度は仇のための刺客や用心棒まで頼まれることに。十兵衛がとった奇策とは!?

二見時代小説文庫

間借り隠居　八丁堀 裏十手1

牧 秀彦［著］

北町の虎と恐れられた同心が、還暦を機に十手を返上。その矢先に家督を譲った息子夫婦が夜逃げ。間借りしながら、老いても衰えぬ剣技と知恵で悪に挑む！

お助け人情剣　八丁堀 裏十手2

牧 秀彦［著］

元廻同心、嵐田左門と岡っ引きの鉄平、御様《ためし》御用山田家の夫婦剣客、算盤侍の同心・半井半平。五人の〝裏十手〟が結集して、法で裁けぬ悪を退治する！

剣客の情け　八丁堀 裏十手3

牧 秀彦［著］

嵐田左門、六十二歳。心形刀流、起倒流で、北町の虎の誇りを貫く。裏十手の報酬は左門の命代。一命を賭して戦うことで手に入る、誇りの代償。孫ほどの娘に惚れられ…

白頭《はくとう》の虎　八丁堀 裏十手4

牧 秀彦［著］

町奉行遠山景元の推挙で六十二歳にして現役に復帰した元廻方同心の嵐田左門。権威を笠に着る悪徳与力や仏と噂される豪商の悪行に鉄人流十手で立ち向かう！

哀しき刺客　八丁堀 裏十手5

牧 秀彦［著］

夜更けの大川端で見知りの若侍が、待ち伏せして襲いかかってきた武士たちを居合で一刀のもとに斬り伏せた現場を目撃した左門。柔和な若侍がなぜ襲われたのか……。

蔦《つた》屋でござる

井川香四郎［著］

老中松平定信の暗い時代、下々を苦しめる奴は許せぬと反骨の出版人「蔦重」こと蔦屋重三郎が、歌麿、京伝ら「狂歌連」の仲間とともに、頑固なまでの正義を貫く！